Jochen Klauß

GOETHE IN GEFAHR

Johann Wolfgang von Goethe
Kupferstich von Johann Heinrich Lips, 1791

Jochen Klauß

Goethe

in Gefahr

qV

Schriftenreihe des Freundeskreises
Goethe-Nationalmuseum e.V.
Band 8

Autor und Verlag danken für die freundliche Unterstützung durch die Sparkassen-Kulturstiftung Hessen-Thüringen.

Sparkassen-Kulturstiftung
Hessen-Thüringen

INHALT

VORWORT

Goethe ist fast 83 Jahre alt geworden, nicht typisch für seine Zeit. Männer erreichten um 1800 statistisch ein Alter von ca. 50 Jahren. Wenn man dies auf heutige Verhältnisse umlegt, dann wäre Goethe vielleicht 100 Jahre alt geworden. Ein ungewöhnlich langes und ereignisreiches Leben wie dieses hielt verständlicherweise auch viele Gefahren bereit, die überwunden werden mußten. Das eindrucksvolle Gesicht des Greises, das der Maler Ludwig Sebbers 1826 festgehalten hat, verrät einiges davon. Der Dichter hat sein durch das Leben sichtbar gealtertes Gesicht ironisch kommentiert:

Sibyllinisch mit meinem Gesicht
Soll ich im Alter prahlen?
Je mehr es ihm an Fülle gebricht,
Desto öfter wollen sie's malen!

Gefahren steigern sich zur Todesgefahr, aus der der Betroffene gerettet werden muß, um außer Lebensgefahr zu sein. Lebens- und Todesgefahr meinen dasselbe, obwohl der erstere Begriff wohl logischer ist, denn das Leben eines Menschen ist in Gefahr, nicht dessen Tod. Gefahren haben mit „fahren" zu tun, und ein weitgereister Mensch war eben vor allem auch ein „erfahrener", denn das Reisen brachte zu allen Zeiten viele Gefahren mit sich, die man überwinden mußte. Goethe soll in seinem Leben ca. 40.000 Kilometer gereist sein. Gefahren lauern auch heute noch beim Reisen, und sie betreffen viele, denn Millionen Menschen sind ständig unterwegs, freilich mit einer Technik, die einen vergleichsweise hohen Sicherheitsstandard aufweist. Allein die globale Kommunikation und die Nachrichtenpraxis suggerieren eine vermeintliche Zunahme von Gefahren, Unglükken und Katastrophen. Welchen Gefahren war Goethe ausgesetzt in diesen über 82 Lebensjahren, die eingebettet waren in gravierende Entdeckungen und revolutionäre technische Neuerungen, die aber auch durch lange und blutige Kriege, durch Hungersnöte und durch eine beängstigende Beschleunigung charakterisiert waren. Mit Krankheiten, die in jedem Lebensalter auftreten konnten, beginnt der Reigen von Gefahren. Die Geburt, der Lebenseintritt, hält schon solche bereit. Zähne, Verletzungen, Blutvergiftungen, Blattern sind solche Gefahren, die zum Tod führen können. Die Ernährung kann lebensgefährlich werden, etwa durch verdorbenes Fleisch oder unsauberes Trinkwasser. Kutschenunfälle, Stürze vom Pferd, Knochenbrüche, Infektionskrankheiten gehörten zum Alltag, in manchen Ländern auch Überfälle und sonstige Straßenkriminalität. Das Ersteigen von Bergen, erfolgreiche Seereisen und Expeditionen waren gefährliche Unternehmungen. Alexander von Humboldt galt als *der* Forschungsreisende seiner Zeit; unzählige Gefahren mußte er meistern. Die zahllosen Kriege, die Goethe z. T. unmittelbar erlebte, brachten Gefährdungen ganz anderer Art mit sich, denen sich der einzelne gar nicht entziehen konnte. Die vielen Schlachten waren zunächst für die beteiligten Soldaten und Offiziere, sodann für die betroffenen Bewohner der Dörfer und Städte eine existentielle Katastrophe; nachfolgende Brände, Zerstörungen, Hungersnöte und Vergewaltigungen verschlimmerten die Not noch. Körperliche Liebe, vor allem käufliche Liebe hielt zahlreiche Krankheiten parat. Die Natur selbst mit ihren Stürmen, Trockenheiten und Überschwemmungen, mit Erdbeben, Blitzschlägen und Meteoriteneinschlägen zeigte damit, wie klein und bescheiden der Schutz ausfiel, den die Menschen dagegen aufbringen konnten; das gilt uneingeschränkt auch heute. Nicht zuletzt brachten bestimmte Berufe, in denen auch Goethe zeitweilig und zum Teil tätig war, ganz eigene Gefahren hervor, z. B.

Bergleute. Dachdecker, Hebammen und Henker, Seeleute und Ballonflieger lebten gefährlich. Die Reihe ließe sich fortsetzen. Goethe jedenfalls nahm souverän für sich, für sein reiches Leben in Anspruch, was er in einem einprägsamen Zweizeiler aus dem Stück *Die natürliche Tochter* zum Ausdruck brachte:

> Dem Ungemeßnen beugt sich die Gefahr,
> Beschlichen wird das Mäßige von ihr.
> *(Vers 597 f.)*

Goethes Geburtshaus in Frankfurt am Main
Lithografie von F. W. Delkeskamp, 1822/23

GEBURT

am 28. August 1749 in Frankfurt am Main

Die Konstellation war glücklich; die Sonne stand im Zeichen der Jungfrau und kulminierte für den Tag; Jupiter und Venus blickten sie freundlich an, Merkur nicht widerwärtig; Saturn und Mars verhielten sich gleichgültig: nur der Mond, der soeben voll ward, übte die Kraft seines Gegenscheins umso mehr, als zugleich seine Planetenstunde eingetreten war. Er widersetzte sich daher meiner Geburt, die nicht eher erfolgen konnte, als bis diese Stunde vorübergegangen.

Diese guten Aspekten, welche mir die Astrologen in der Folgezeit sehr hoch anzurechnen wußten, mögen wohl Ursache an meiner Erhaltung gewesen sein: denn durch Ungeschicklichkeit der Hebamme kam ich für tot auf die Welt, und nur durch vielfache Bemühungen brachte man es dahin, daß ich das Licht erblickte.

Johann Wolfgang von Goethe, *Dichtung und Wahrheit.* Erstes Buch[1]

Drei Tage bedachtest Du Dich, eh Du ans Weltlicht kamst, und machtest der Mutter schwere Stunden. Aus Zorn, daß Dich die Not aus dem eingebornen Wohnort trieb, und durch die Mißhandlung der Amme kamst Du ganz schwarz und ohne Lebenszeichen. Sie legten Dich in einen sogenannten Fleischarden und bäheten Dir die Herzgrube mit Wein, ganz an Deinem Leben verzweifelnd. Deine Großmutter stand hinter dem Bett, als Du zuerst die Augen aufschlugst, rief sie hervor: „Rätin, er lebt!"

Bettina von Arnim, *Goethes Briefwechsel mit einem Kinde*[2]

Goethe machte im Nachhinein die Planetenkonstellation für seine schwere Geburt verantwortlich. Wahrscheinlicher ist es freilich, der überlieferten Auffassung zu folgen, wonach das ungeschickte Agieren der Hebamme zu dem offenbar sehr schmerzhaften und sich über drei Tage hinziehenden

Geburtsvorgang beigetragen hatte. Die Hebammen leisteten seit Jahrtausenden Geburtshilfe; bereits im Talmud um 5700 v. Chr. werden sie schriftlich erwähnt. Noch wesentlich älter sind überlieferte Felsenmalereien und Statuetten. Im Mittelalter konnten besonders erfolgreiche Hebammen – dieser „Beruf" und seine handwerklichen Geheimnisse wurden oft von Generation zu Generation weitergegeben – leicht in die Fänge der kirchlichen Inquisition geraten, die hierbei Zauberkünste oder Hexenkräfte vermutete. Erst um 1800 entstanden erste eigentliche Gebäranstalten, in denen zunächst vor allem uneheliche Kinder oder Kinder von Straftäterinnen, oft genug unter Zwang, entbunden wurden. Mit dem segensreichen Wirken von Ignaz Semmelweis, der strenge Hygienemaßnahmen einführte, konnte die moderne Spitalgeburt ihren Siegeszug antreten.

Im Frankfurt in der Mitte des 18. Jahrhunderts fanden die Geburten üblicherweise zu Hause statt; mehreren Frauen oblag es, nach den Anweisungen der Hebamme Hilfsdienste zu verrichten. In der Regel standen in einem wohlsituierten Bürgerhaushalt heißes Wasser und frische Wäsche zur Verfügung; die Einhaltung hygienischer Grundanforderungen und die Erfahrungen der Hebamme konnten freilich nicht immer verhindern, daß die Mutter am sogenannten Kindbettfieber erkrankte.

Die Stellung der Eltern zum Kind oder auch das Verhältnis der Geschwister untereinander war vor etwa 200 oder 250 Jahren völlig anders als heute. Die Kindersterblichkeit war hoch, das Kommen und Gehen von jüngeren Kindern etwas völlig Normales. Goethe schrieb in *Dichtung und Wahrheit* unter Bezug auf die verbreiteten „Masern und Windblattern": „Bei Gelegenheit dieses Familienleidens will ich auch noch eines Bruders gedenken, welcher, um drei Jahre jünger als ich, gleichfalls von jener Ansteckung ergriffen wurde und nicht wenig davon litt. Er war von zarter Natur, still und eigensinnig, und wir hatten niemals ein eigentliches Verhältnis zusammen. Auch überlebte er kaum die Kinderjahre. Unter mehrern nachgebornen Geschwistern, die gleichfalls nicht lange am Leben blieben, erinnere ich mich nur eines sehr schönen und angenehmen Mädchens, die aber auch bald verschwand, da wir denn nach Verlauf einiger Jahre, ich und meine Schwester, uns allein übrig sahen und nur um so inniger und liebevoller verbanden."[3]

Mit dem Gevatter Tod standen die Kinder der damaligen Zeit auf du und du. Wer nicht bei Gelegenheit von Krieg oder massenhafter Erkrankungen schon früh die Hinfälligkeit des Lebens erfahren hatte, war durch den Tod von Geschwistern mit dem Sterben in der Familie vertraut; nicht zuletzt gehörte der Tod der Mutter im Kindbett zu den Alltäglichkeiten des unbarmherzigen Lebens.

Goethe spricht davon, daß seine schwere Geburt den Großvater, der ja Stadtschultheiß gewesen war, dazu bewegte, die Hebammenausbildung in der Stadt Frankfurt zu „erneuern", was ja wohl heißt, daß es eine solche Ausbildung auch vorher schon gegeben hatte. Dennoch war die Kindersterblichkeit bei Geburten extrem hoch. Im Unterschied zum hohen und höchsten Adel, wo man auch kindliche Thronpretendenten (wie kleine Erwachsene) abbildete, war dies im Bürgertum und ganz und gar bei den Bauern nicht der Fall; die Kindheit war eine bedeutungslose Zwischenzeit. Erst mit einem Alter von sechs bis sieben Jahren, da die Kinder allmählich in den Reproduktionsprozeß einbezogen werden konnten, nahm man sie allmählich wahr. Michel de Montaigne, ein Wegbereiter der Aufklärung, überlieferte z. B. lakonisch, er habe „zwei oder drei Kinder im Säuglingsalter verloren, nicht ohne Bedauern, aber doch ohne Verdruß". Die Vielkinderfamilie entsprach der damaligen demografischen Realität. Wenn einer Ehe zehn oder mehr Kinder entsprangen, so starb davon ein Drittel im ersten Lebensjahr, die

Hälfte, bis sie sieben Jahre alt wurden, und zwei bis drei weitere Kinder, ehe sie heiraten konnten. Da, wo die Kinder so schnell wieder verschwanden, wäre eine tiefere Bindung an die jüngeren Kinder ein Anlaß für Wahnsinn gewesen.[4] Das Kinderdasein im 18. Jahrhundert war geprägt durch eine heute in Europa schwer vorstellbare Härte des Lebens; aber unglücklich war es nach Meinung verschiedener Forscher deshalb dennoch nicht.

Auch auf das wirtschaftlich gutgestellte Kleinkind Goethe traf diese Charakteristik Peter Lahnsteins zu: „Bedroht waren die Kinder durch jähe Krankheit und frühen Tod. Bedroht durch Feuers- und Wassersnot, die in einer Nacht das Haus verderben konnten. Bedroht durch wohlgemeinte Strafen und weit mehr durch unbeherrschte Exzesse der Älteren, besonders der Väter, aber auch durch Quälereien älterer Geschwister. Und doch: sie waren behaust, geborgen, daheim. Nestwärme hatten sie nicht zu entbehren, jedenfalls nicht die Kinder der Masse des Volkes. Ob eine rauchdurchzogene Hütte ihr Heim war oder eine niedrige hölzerne Stube in einem festen Haus, sie waren unter ihren Leuten, Mutter, Vater und Geschwister, Großmutter, Muhme und Magd. Geborgenheit an Winterabenden, auf der Ofenbank, beim Schein einer Tranfunzel oder eines Kienspahns, der sanftes, rötliches Licht auf die vertrauten Gesichter und riesige Schatten an Wände und Decken wirft; ruhige Geschäftigkeit, Erbsenverlesen, Spinnen, Späneschneiden, eine Geschichte dazu, vielleicht ein Lied. Nachtgebet, Einschlafen und Aufwachen im vertrauten Dunst, in der Wärme der Mutter oder der Geschwister. Frühes Vertrautwerden mit allem Menschlichen, Bösem freilich auch, aber nicht nur Bösem. Frühes Vertrautwerden mit allem häuslichen Geschäft, mit den Nachbarn das Stadtkind, mit den Tieren das Landkind. Eine arme Kindheit war das, trotz allem, nicht."[5] Goethe war der Sproß einer sehr gut versorgten Frankfurter Patrizierfamilie. Vor Schicksalsschlägen wie Krieg, Krankheit oder Einquartierung schützte sie nicht; danach aber griff sofort die soziale Sicherheit der Familie. Goethes schwere Geburt hat – symbolisch gesehen – wie ein dramatischer Paukenschlag darauf hingewiesen, „daß sich diesem Menschenkind, dem ein so mächtiger Lebensbogen vorgeschrieben ist, von Anfang an destruktive, lebensfeindliche Kräfte entgegenstellen", resümierte der Mediziner Frank Nager.[6]

Mißgeschick
Holzstich, 2. Hälfte des 19. Jahrhunderts

KUTSCHENUNFALL
am 2. Oktober 1765 bei Auerstedt

E*in anhaltender Regen hatte die Wege äußerst verdorben, welche überhaupt noch nicht in den guten Stand gesetzt waren, in welchem wir sie nachmals finden; und unsere Reise (nach Leipzig) war daher weder angenehm noch glücklich. (…) Durch Thüringen wurden die Wege noch schlimmer, und leider blieb unser Wagen in der Gegend von Auerstedt bei anbrechender Nacht stecken. Wir waren von allen Menschen entfernt und taten das Mögliche, uns los zu arbeiten. Ich ermangelte nicht, mich mit Eifer anzustrengen und mochte mir dadurch die Bänder der Brust übermäßig ausgedehnt haben; denn ich empfand bald nachher einen Schmerz, der verschwand und wiederkehrte und erst nach vielen Jahren mich völlig verließ.*
Johann Wolfgang von Goethe, *Dichtung und Wahrheit.* Sechstes Buch[7]

Bei den Kutschenreisen stand um 1800 entweder die ordinäre Post oder die Eilpost zur Verfügung, wenn man über keinen eigenen Wagen verfügte. Der sechzehnjährige Goethe reiste aus Sicherheitsgründen und weil es sich der Vater leisten konnte, mit Extrapost, gemeinsam mit dem Frankfurter Buchhändler Johann Georg Fleischer, der zur Leipziger Messe wollte, und dessen Ehefrau Charlotte Wilhelmine, die ihren Vater, den Schriftsteller Daniel Wilhelm Triller, in Wittenberg zu besuchen dachte. Die Fuhrwerke waren in der Regel mit drei, vier oder acht Pferden bespannt und verkehrten in festgelegten Fristen auf festgelegten Strecken zu einem fixen Preis. Reisedauer, Routen und Kosten ließen sich einigermaßen genau bestimmen. Am teuersten waren die Extraposten, bei denen man Strecke und Tempo selbst festlegen und allein oder mit Begleitung eigener Wahl reisen konnte. Bei der öffentlichen Postkutsche wurde die Sitzordnung nach der Reihenfolge der Einschreibung im Posthaus geregelt; dort erfolgte auch die Zahlung des Postgeldes vor Antritt der Fahrt sowie die Abgabe des limitierten Gepäcks; Felleisen beispielsweise durften maximal 40 Pfund Gewicht haben. Der Fahrpreis summierte sich aus Fahrgeld, Chausseegeld, Brückengeld, Vorspanngeld, Schmiergeld und Trinkgeld. Ausgaben für die Unterkunft und Verpflegung in Gasthäusern, für Barbier und eventuelle Reinigung waren selbst zu tragen. Für eine erträgliche Fahrt galt die Faustregel: eine deutsche Meile (ca. sieben Kilometer) kostet einen Dukaten (Goldmünze; ca. zwei Taler). Die Postkutschenreise war darüber hinaus oft gefährlich, schmerzhaft und anstrengend. Carl August Becker, herzoglich-sächsischer Postmeister zu Jena, rief 1803 darüber hinaus Reisende und Postbeamte zu Bescheidenheit und Höflichkeit auf und appellierte an beide Seiten, nicht „mit ungebührenden Reden und Scheltworten anzugreifen oder wohl gar mit ungebührenden Real-Injurien zu beleidigen."[8] Schlägereien scheint es bei der ordinären Postbeförderung des öfteren gegeben haben, veranlaßt durch Streitigkeiten um Preise oder die Sitzordnung auf der Kutsche, durch fehlende Pferde, das unerlaubte Rauchen während der Fahrt, die nicht genehmigte Mitnahme von Hunden oder blinden Passagieren, was sich die Fuhrleute privat honorieren ließen. Nicht zuletzt verursachte Trunkenheit bei den Kutschern oder den Postkunden ständigen Ärger. Unumstößlich galt für den „Schwager" auf dem Bock die Formulierung von 1806: „Wer gut schmiert, der fährt auch gut! Diese Wahrheit ist weniger von der Achse als vielmehr vom Postillione zu verstehen."[9]

Die Entfernung zwischen zwei Posten, an denen die Pferde gewechselt wurden, maß in der Regel drei deutsche Meilen (ca. 25 km). Bei einer Geschwindigkeit von sieben bis zwölf Kilometern pro Stunde, abhängig vom Geländeprofil, betrug eine Fahrzeit etwa drei bis fünf Stunden. Da an den Poststationen Aufenthalte bis zu zwei Stunden nicht selten waren, lag eine Tagesleistung höchstens bei 75 bis 100 km. Ausgefahrene Wagenspuren, oft genug mit wechselnden Spurbreiten, brachten die Gefahr des Umwerfens mit sich, wobei es zu Knochenbrüchen oder zu Quetschungen durch herumstürzende Koffer, Kisten und Fässer kommen konnte; „Hals- und Beinbruch“ war der gängigste Reisewunsch. Bei den heute meist unvorstellbaren Straßenverhältnissen – die Bepflasterung begann sich in Deutschland erst allmählich gegen die Jahrhundertwende durchzusetzen – halfen weder fromme Sprüche noch saftige Flüche; auf tausend Schritte rechnete man tausend Stöße. Mit einem „Reiserouleau“, einer um den Kopf gebundenen gepolsterten Lederwulst, versuchte man einen behelfsmäßigen Schlagschutz zu erreichen.[10] Schuld an diesen Zuständen hatte u. a. der primitive Straßenbau: Nach Abmessung der Breite wurden Gräben abgesteckt und ausgehoben, die Erde kurzerhand in die bezeichnete Bahn geworfen und, je nach Verfügbarkeit, Steine, Kies oder Sand darüber geschaufelt; einen Unterbau gab es nicht. Erst die späteren Chausseen waren gepflastert, hatte Brücken und glichen Höhen und Tiefen halbwegs aus.[11]

Die Kutsche war das gebräuchlichste Transportmittel des 18. und 19. Jahrhunderts. Die Urform dieses Gefährts war um 1450 bei einem ungarischen Wagner im Dörfchen Kocs bei Györ entstanden. Er verbesserte das Fahrgestell entscheidend, indem er die Vorderachse mittels eines dicken Eisenzapfens, des Spann-Nagels, am Langbaum, der starren Längsachse zwischen Hinter und Vorderachse, befestigte und die Deichsel vertikal beweglich anbrachte. Damit war das Fahrzeug besser steuerbar, beweglicher und eleganter geworden. Der Oberwagen wurde mit Gurten, Ketten oder Riemen an federnde Holzstutzen gehängt und erhielt weit herunterreichende Stufen sowie Türen und ein Dach. Neu war auch der außerhalb des Wagens befindliche Platz für den Gespannführer. Diese „Kocsi“ wurden bald in ganz Europa nachgebaut und erfuhren im Laufe der Jahre zahlreiche Modifikationen und technische Weiterentwicklungen. Die „Equipagen“ verfügten an den weit zurückgezogenen Hinterachsen über zusätzliche Dienerplätze, die sogenannte „Berline“ erregte großes Aufsehen wegen ihrer Beweglichkeit, da die Vorderachse ganz durchgelenkt werden konnte. Der viersitzige „Landauer“ war vort allem praktikabel gebaut, der „Fiaker“ entsprach den Anforderungen des Stadtverkehrs, die „Batarde“ war gut gefedert und deshalb besonders für Damen geeignet. Im 19. Jahrhundert kamen „Kalesche“ und Droschke dazu, dann der von Hofrat Kremser vermietete vielsitzige Ausflugswagen. In den Städten verkehrten später große Kutschwagen, die sogenannten „Omnibusse“, und bald die doppelstöckigen „Imperiales“. Doch die Tage dieser romantischen Fahrzeuge waren gezählt: Mitte des Jahrhunderts traten die Eisenbahnen, wenige Jahrzehnte später die Fahrzeuge mit Verbrennungsmotoren ihren Siegeszug an.

Neben den Fahrzeugen und den Straßen bestimmten Wind und Wetter über das Wohl und Wehe der Reisenden, weswegen Wetterbeobachtungen und – voraussagungen großes Gewicht eingeräumt wurde. Die meist viel Ärger bescherenden Unzulänglichkeiten im Post- oder Gasthauswesen – Unreinlichkeiten, Ungeziefer, Übervorteilungen, mangelhafte Qualität der Speisen bei hohen Preisen – führten oft zur Selbsthilfe der Reisenden, wodurch sich aber das Gepäck vervielfachte. Angesichts der mannigfaltigen Gefahren, denen sich ein Reisender im 18. und 19. Jahrhundert ausgesetzt sah, war es üblich und angebracht, vor Antritt einer Reise sein Testament aufzusetzen.

Zusätzliche Erschwernisse brachten die unterschiedlichen Geldsorten bereits in den deutschen Ländern mit sich. Häufiges Wechseln der Münzsorten mit entsprechendem Umrechnen war ständig gefordert. Größere Mengen an Gold- und Silbermünzen führte man aus Sicherheitsgründen meist nicht mit sich, sondern nutzte Bankzettel und postalische Überweisungen. Kleinere Beträge in Edelmetall waren gut in der Kleidung oder in der Kutsche versteckt. Mit fast allen diesen Problemen war auch der junge Goethe konfrontiert, als er die erste Fernreise seines Lebens von Frankfurt am Main nach Leipzig durchführte.

Reiter mit Pferden an der Tränke
Zeichnung von Johann Heinrich Wilhelm Tischbein, um 1805

STURZ VOM PFERD

am 30. (?) Oktober 1767 in Leipzig

M*it dem Reiten ging es mir noch schlimmer (als mit dem Fechten). Zufälligerweise schickte man mich im Herbst auf die Bahn, so daß ich in der kühlen und feuchten Jahreszeit meinen Anfang machte. Die pedantische Behandlung dieser schönen Kunst war mir höchst zuwider. Zum ersten und letzten war immer vom Schließen die Rede, und es konnte einem doch niemand sagen, worin denn eigentlich der Schluß bestehe, worauf doch alles ankommen sollte: denn man fuhr ohne Steigbügel auf dem Pferde hin und her. Übrigens schien der Unterricht nur auf Prellerei und Beschämung der Scholaren angelegt. Vergaß man die Kinnkette ein- oder auszuhängen, ließ man die Gerte fallen oder wohl gar den Hut, jedes Versäumnis, jedes Unglück mußte mit Geld gebüßt werden, und man ward noch obenein ausgelacht. Dies gab mir den allerschlimmsten Humor, besonders da ich den Übungsort selbst ganz unerträglich fand. Der garstige, große, entweder feuchte oder staubige Raum, die Kälte, der Modergeruch, alles zusammen war mir im höchsten Grade zuwider; und da der Stallmeister den andern, weil sie ihn vielleicht durch Frühstücke und sonstige Gaben, vielleicht auch durch ihre Geschicklichkeit bestachen, immer die besten Pferde, mir aber die schlechtesten zu reiten gab, mich auch wohl warten ließ, und mich, wie es schien, hintansetzte, so brachte ich die allerverdrießlichsten Stunden über einem Geschäft hin, das eigentlich das lustigste von der Welt sein sollte. Ja der Eindruck von jener Zeit, von jenen Zuständen ist mir so lebhaft geblieben, daß, ob ich gleich nachher leidenschaftlich und verwegen zu reiten gewohnt war, auch Tage und Wochen lang kaum vom Pferde kam, daß ich bedeckte Reitbahnen sorgfältig vermied, und höchstens nur wenig Augenblicke darin verweilte.*

Johann Wolfgang von Goethe, *Dichtung und Wahrheit.* Viertes Buch[12]

Daß du vom Sonnabend keinen Brief empfingst, wird dich gewundert haben, ohne wichtige Ursachen unterlasse ich es gewiß nie; aber es war auch eine wichtige Ursache, eine mit der wichtigsten, dem Halsbrechen so verwandte, kurz ich bin vom Pferde gestürzt, oder eigentlicher, ich habe mich vom Pferde gestürzt, da es mit mir, einem sehr ungeschickten Reuter, durchging, um es nicht etwa zu einem Schleifen oder sonstigem Stürzen kommen zu lassen. Das ist ein Paragraph, in dem die Figur meines Gehirns modelliert ist, verwirrt und unzusammenhängend. Es ist eine betäubende Sache um ein großes unverhofftes Glück. Dieses, daß ich nicht den Hals gebrochen habe, hat mich, glaub ich, so im Kopfe schwindlend gemacht. Aber, Gott sei Dank, ich habe mir keinen Schaden getan, denn du kannst wohl raten, daß ich ein aufgestoßnes Kinn, eine zerschlagne Lippe und ein geschellertes Auge nicht unter die großen Schäden rechne. (…)

Was tat ich neulich, als ich von meinem unbändigen Pferde weggerissen ward? Ich konnte es nicht einhalten, ich sah meinen Tod, wenigstens einen schröcklichen Fall vor Augen. Ich wagt' es und stürzte mich herunter. Da hatte ich Herz.
Goethe an Ernst Wolfgang Behrisch, 2. /10. November 1767[13]

Goethe galt in seiner Leipziger Studentenzeit als Geck und Stutzer. Über sein Äußeres machten sich seine Freunde und Mitkommilitonen ebenso lustig wie über seine selbstgefällige, manchmal auch arrogante Art. Die vom Vater in Frankfurt gewährte großzügige finanzielle Unterstützung machte es möglich, daß der verliebte Heißsporn fast allen seinen Allüren und Einfällen folgen konnte. Es ist nicht weiter überliefert, unter welchen Umständen sich der Unfall abspielte, doch kann mit einiger Sicherheit vermutet werden, daß es sich um eine Tollheit handelte; vielleicht wollte Goethe sich bei seiner Freundin hervortun. Das „zerschmissene Gesicht" jedenfalls hielt ihn tagelang in der Wohnung fest. Ein Mietpferd, um das es sich hier gehandelt haben wird, galt schon als ein Statussymbol, denn in Leipzig und in den Vororten waren die Menschen, zumal die Studenten, zu Fuß unterwegs – aus Kostengründen. Andererseits galt das Pferd als ein sehr gesundes Reisemittel. Der Reiseschriftsteller Franz Posselt hat in einem Reisehandbuch von 1795 das Reiten enthusiastisch empfohlen: „Nichts erschüttert so sehr den ganzen Körper, bringt die stockenden Flüssigkeiten in den feinsten Gefäßen wieder in Bewegung, stärkt die Muskeln des Unterleibs, befördert die Verdauung, erweckt den Appetit, hilft zur unmerklichen Ausdünstung …, erheitert den Geist und beschleunigt die Wirkungen der Phantasie und des Verstandes als ein mäßiges, aber anhaltendes Reiten.“[14]

Der Spruch könnte einer aktuellen Sportwerbung entnommen sein. Goethe jedenfalls, hierbei eigentlich sehr modern wirkend, hatte wohl einfach übertrieben; vielleicht kannte er das Pferd aber auch nicht ausreichend, oder es scheute. Das Halsbrechen beim Reiten war jedenfalls ein Alltagsunfall …

Vermutlich Goethe in seinem Frankfurter Arbeitszimmer
Getuschte und aquarellierte Bleistiftzeichnung von Johann Wolfgang Goethe, um 1768

BLUTSTURZ

Ende Juli 1768 in Leipzig

Indem ich nun aber Winckelmanns Abscheiden grenzenlos beklagte, so dachte ich nicht, daß ich mich bald in dem Fall befinden würde, für mein eigenes Leben besorgt zu sein: denn unter allem diesem hatten meine körperlichen Zustände nicht die beste Wendung genommen. Schon von Hause hatte ich einen gewissen hypochondrischen Zug mitgebracht, der sich in dem neuen sitzenden und schleichenden Leben eher verstärkte als verschwächte. Der Schmerz auf der Brust, den ich seit dem Auerstedter Unfall von Zeit zu Zeit empfand und der, nach einem Sturz mit dem Pferde, merklich gewachsen war, machte mich mißmutig. Durch eine unglückliche Diät verdarb ich mir die Kräfte der Verdauung; das schwere Merseburger Bier verdüsterte mein Gehirn, der Kaffee, der mir eine ganz eigne triste Stimmung gab, besonders mit Milch nach Tische genossen, paralysierte meine Eingeweide und schien ihre Funktionen völlig aufzuheben, so daß ich deshalb große Beängstigungen empfand, ohne jedoch den Entschluß zu einer vernünftigeren Lebensart fassen zu können. Meine Natur, von hinlänglichen Kräften der Jugend unterstützt, schwankte zwischen den Extremen von ausgelassener Lustigkeit und melancholischen Unbehagen. Ferner war damals die Epoche des Kaltbadens eingetreten, welches unbedingt empfohlen ward. Man sollte auf hartem Lager schlafen, nur leicht zugedeckt, wodurch denn alle gewohnte Ausdünstung unterdrückt wurde. Diese und andere Torheiten, in Gefolg von mißverstandenen Anregungen Rouseau´s, würden uns, wie man versprach, der Natur näher führen und uns aus dem Verderbnisse der Sitten retten. Alles Obige nun, ohne Unterscheidung mit unvernünftigen Wechsel angewendet, empfanden mehrere als das Schädlichste, und ich verhetzte meinen glücklichen Organismus dergestalt, daß die darin enthaltenen besonderen Systeme zuletzt in eine Verschwörung und Revolution ausbrechen mußten, um das Ganze zu retten.

Eines Nachts wachte ich mit einem heftigen Blutsturz auf, und hatte noch so viel Kraft und Besinnung, meinen Stubennachbar zu wecken.

Doktor Reichel wurde gerufen, der mir auf's freundlichste hülfreich ward, und so schwankte ich mehrere Tage zwischen Leben und Tod, und selbst die Freude an einer erfolgenden Besserung wurde dadurch vergällt, daß sich, bei jener Eruption, zugleich ein Geschwulst an der linken Seite des Halses gebildet hatte, den man jetzt erst, nach vorübergegangener Gefahr, zu bemerken Zeit fand. Genesung ist jedoch immer angenehm und erfreulich, wenn sie auch langsam und kümmerlich vonstatten geht, und da bei mir sich die Natur geholfen, so schien ich auch nunmehr ein anderer Mensch geworden zu sein: denn ich hatte eine größere Heiterkeit des Geistes gewonnen, als ich mir lange nicht gekannt, ich war froh, mein Inneres frei zu fühlen, wenn mich gleich äußerlich ein langwieriges Leiden bedrohte.

Was mich aber in dieser Zeit besonders aufrichtete, war, zu sehen, wie viel vorzügliche Männer mir unverdient ihre Neigung zugewendet hatten. Unverdient, sage ich: denn es war keiner darunter, dem ich nicht durch widerliche Launen beschwerlich gewesen wäre, keiner, den ich nicht durch krankhaften Widersinn mehr als einmal verletzt, ja den ich nicht, im Gefühl meines eignen Unrechts, eine Zeitlang störrisch gemieden hätte. Dies alles war vergessen, sie behandelten mich aufs liebreichste und suchten mich teils auf meinem Zimmer, teils sobald ich es verlassen konnte, zu unterhalten und zu zerstreuen. Sie fuhren mit mir aus, bewirteten mich auf ihren Landhäusern, und ich schien mich bald zu erholen.

Johann Wolfgang von Goethe, *Dichtung und Wahrheit.* Achtes Buch[15]

Goethe begriff Gesundheit als Ganzheit, als Gleichgewicht aller Kräfte und Säfte des Körpers, als Tugend. Im Gegensatz zur weitverbreiteten Auffassung von der gottgegebenen herkulischen Kraft und psychischen Stärke war Goethe im Laufe seines langen Lebens ein von Krise zu Krise Gehetzter, ein von Krankheiten schwer gebeutelter Mensch. Gesundheit mußte dieser Geplagte herbeizwingen, und dazu dienten in der Jugendzeit solche Tugenden wie Abhärtung und Selbstbeherrschung, im reiferen Alter dann Mäßigung und Verzicht, Opfer und Entsagung. Dazu kam seine strikte Abschottung gegenüber allem, was mit ungesund, krank und kontagiös, mit Tod und Auflösung zu tun hatte, kurz: seine Kunst der Selbstbewahrung. Diese später immer weiter kultivierte „höhere Gesundheit" war in den wilden Leipziger Studentenjahren nur ansatzweise ausgeprägt; schweres Merseburger Bier und Kaffee führt der Autobiograf u. a. als Gründe für die Desorganisation seines Körpers an; aber eben auch von Abhärten beim Schlafen und beim Kaltbaden ist schon die Rede.

Goethe war bereits ein gehöriges Stück auf diesem Wege der Selbstdisziplinierung vorangekommen, als er in den ersten Weimarer Jahren seinen nachmaligen Hausarzt Christoph Wilhelm Hufeland kennenlernte, der ihn wie folgt charaktérisierte und beschrieb: „Es ist mir nie ein Mensch vorgekommen, welcher zu gleicher Zeit körperlich und geistig in so hohem Grade vom Himmel begabt gewesen wäre, und auf diese Weise in der Tat das Bild des vollkommendsten Menschen darstellte. Aber nicht bloß die Kraft war zu bewundern, die bei ihm in so außerordentlichem Grade Leib und Seele erfüllte, sondern mehr noch das herrliche Gleichgewicht, was sich sowohl über die physischen als geistigen Funktionen ausbreitete, und die schöne Eintracht, in welcher beides vereinigt war, so daß keines, wie so oft geschieht, auf Kosten des andern lebte, oder es störte. Man kann mit Wahrheit sagen, daß dieses hauptsächlich seinen Geist auszeichnete, daß alle Geisteskräfte im gleich hohen Grade und in der schönsten Harmonie vorhanden waren, und daß selbst die bei ihm so lebendige, so schöpferische Phantasie durch die Herrschaft des Verstandes gemäßigt und gezügelt wurde. Und eben dies gilt von dem Physischen; kein System, keine Funktion hatte das Übergewicht; alle wirkten gleichsam zusammen zur Erhaltung eines schönen Gleichgewichts."[16]

Das galt ca. 15 Jahre nach dem Leipziger Blutsturz. Die damaligen Ereignisse haben seither viele Fachmediziner auf den Plan gerufen, die den Ursachen nachspürten, die zu dem lebensbedrohlichen Vorgang führten. Schon die Leipziger Ärzte waren von einer Lungenblutung ausgegangen (Hämorrhagie aus tuberkulöser Kaverne). Frank Nager vertritt dagegen die Auffassung, daß es sich um ein Magen- oder Zwölffingerdarmgeschwür gehandelt haben könnte. Eine dritte These – wohl die unwahrscheinlichste – geht von einer venerischen Erkrankung aus, die auch nur von einer Quelle gestützt wird, einem Brief Goethes an Gottlob Breitkopf vom August 1769: „Man mag auch noch so gesund und stark sein, in dem verfluchten Leipzig brennt man weg so geschwind wie eine schlechte Pechfackel. Nun, nun, das arme Füchslein wird nach und nach sich erholen. Nur eins will ich dir sagen, hüte dich ja für der Lüderlichkeit. Es geht uns Mannsleuten mit unsern Kräften, wie den Mädgen mit der Ehre, einmal zum Henker eine Jungferschaft, fort ist sie. Man kann wohl so was wieder quacksalben, aber es wills ihm all nicht tun."[17]

Eine langwierige Zeit der Rekonvaleszenz in Frankfurt schloß sich nach der Rückkehr in die Heimatstadt an, eine Zeit, die zur ersten bewußten Lebenswende führte. Den lebensbedrohlichen Leipziger und Frankfurter Geschehnissen folgten über drei krankheitsarme Jahrzehnte, freilich auch nicht ohne Gebrechen, erst recht nicht ohne Gefahren. Hier trat auch Goethes erster Hausarzt, Hufeland, in das Leben des Dichters; dessen Äußerung über die Konstitution des jungen Mannes bereits zitiert wurde.

Der alte Goethe hing dann einem unerschütterlichen Unsterblichkeitsglauben an. Seine Vorstellung von Unsterblichkeit und Fortdauer nach dem Tode entsprachen nicht dem kirchlichen Dogma. Die Ewigkeit der Natur und der Monade nährten diese Ansichten, die vom persönlichen Begriff unermüdlicher Tätigkeit und Tüchtigkeit gespeist wurden. Dies müsse sich auch in anderen Existenzformen fortsetzen. Ganz Pragmatiker hielt Goethe im übrigen die Beschäftigung mit Unsterblichkeitsgedanken für eine Tätigkeit von Müßiggängern.

Straßburger Münster
Lithografie von François Jaques Oberthür,
19. Jahrhundert

BESTEIGUNG DES STRASSBURGER MÜNSTERS

Anfang April 1770

I*m Frühjahre fühlte ich meine Gesundheit, noch mehr aber meinen jugendlichen Mut wieder hergestellt und sehnte mich abermals aus meinem väterlichen Hause, obgleich aus ganz andern Ursachen als das erste Mal: denn es waren mir diese hübschen Zimmer und Räume, wo ich so viel gelitten hatte, unerfreulich geworden, und mit dem Vater selbst konnte sich kein angenehmes Verhältnis anknüpfen; ich konnte ihm nicht ganz verzeihen, daß er bei den Rezidiven meiner Krankheit und bei dem langsamen Genesen mehr Ungeduld als billig sehen lassen, ja daß er, anstatt durch Nachsicht mich zu trösten, sich oft auf eine grausame Weise über das, was in keines Menschen Hand lag, geäußert, als wenn es nur vom Willen abhinge. Aber auch er ward auf mancherlei Weise durch mich verletzt und beleidigt. (…)*

Es gab eine Szene, welche, zwar wieder getuscht und ausgeglichen, doch meine Reise nach dem schönen Elsaß beschleunigte, die ich denn auch, auf der neu eingerichteten bequemen Diligence, ohne Aufhalt und in kurzer Zeit vollbrachte.

Ich war im Wirtshaus „Zum Geist" abgestiegen und eilte sogleich, das sehnlichste Verlangen zu befriedigen und mich dem Münster zu nähern, welcher durch Mitreisende mir schon lange gezeigt und eine ganze Strecke her im Auge geblieben war. Als ich nun erst durch die schmale Gasse diesen Koloß gewahrte, sodann aber auf dem freilich sehr engen Platz allzu nah vor ihm stand, machte derselbe auf mich einen Eindruck ganz eigner Art, den ich aber auf der Stelle zu entwickeln unfähig, für diesmal nur dunkel mit mir nahm, indem ich das Gebäude eilig bestieg, um nicht den schönen Augenblick einer hohen und heitern Sonne zu versäumen, welche mir das weite, reiche Land auf einmal offenbaren sollte. (…)

Ich befand mich in einem Gesundheitszustand, der mich bei allem, was ich unternehmen wollte und sollte, hinreichend förderte; nur war mir noch eine gewisse Reizbarkeit übrig geblieben, die mich nicht immer im Gleichgewicht ließ. Ein starker Schall war mir zuwider, krankhafte Gegenstände erregten mir Ekel und Abscheu. Besonders aber ängstigte mich mein Schwindel, der mich jedesmal befiel, wenn ich von einer Höhe herunter blickte. Allen diesen Mängeln suchte ich abzuhelfen, und zwar, weil ich keine Zeit verlieren wollte, auf eine etwas heftige Weise. Abends beim Zapfenstreich ging ich neben der Menge Trommeln her, deren gewaltsame Wirbel und Schläge das Herz im Busen hätten zersprengen mögen. Ich erstieg ganz allein den höchsten Gipfel des Münsterturms und saß in dem sogenannten Hals, unter dem Knopf oder der Krone, wie man's nennt, wohl eine Viertelstunde lang, bis ich es wagte, wieder heraus in die freie Luft zu treten, wo man auf einer Platte, die kaum eine Elle in's Gevierte haben wird, ohne sich sonderlich anhalten zu können, stehend das unendliche Land vor sich sieht, indessen die nächsten Umgebungen und Zierraten die Kirche und alles, worauf und worüber man steht, verbergen. Es ist völlig, als wenn man sich auf einer Mongolfiere in die Luft erhoben sähe. Dergleichen Angst und Qual wiederholte ich so oft, bis der Eindruck mir ganz gleichgültig ward, und ich habe nachher bei Bergreisen und geologischen Studien, bei großen Bauten, wo ich mit den Zimmerleuten um die Wette über die freiliegenden Balken und über die Gesimse des Gebäudes herlief, ja in Rom, wo man eben dergleichen Wagstücke ausüben muß, um bedeutende Kunstwerke näher zu sehen, von jenen Vorübungen großen Vorteil gezogen.

Johann Wolfgang von Goethe, *Dichtung und Wahrheit.* Neuntes Buch[18]

In einem Bekenntnisschreiben vom Ende September 1780 hat Goethe gegenüber Lavater einen tiefen Blick in sein Inneres aufgetan. Die Pflicht, das zu tun, was ihm vom Schicksal auferlegt sei, werde ihm täglich teurer, schrieb er dem Zürcher Freund, und weiter: „Diese Begierde, die Pyramide meines Daseins, deren Basis mir angegeben und gegründet ist, so hoch als möglich in die Luft zu spitzen, überwiegt alles andre und läßt kaum augenblickliches Vergessen zu. Ich darf mich nicht säumen, ich bin schon weit in Jahren vor, und vielleicht bricht mich das Schicksal in der Mitte, und der Babylonische Turn (!) bleibt stumpf unvollendet. Wenigstens soll man sagen, es war kühn entworfen, und wenn ich lebe, sollen, wills Gott, die Kräfte bis hinauf reichen.“[19]

Diesem Ziel, die Pyramide seines Daseins „so hoch als möglich in die Luft zu spitzen“, strebte Goethe spätestens seit der Straßburger Zeit mit eiserner Konsequenz nach. Ihm war dabei allmählich klar geworden, daß es auch einem Genie – daß er eines sei, wurde die Mitwelt spätestens seit dem Erscheinen des *Werther*-Romans nicht müde, ihm zu versichern – unabweislich aufgegeben sei, seine ureigensten Fähigkeiten und Fertigkeiten zu entdecken, zu fördern und zu pflegen. Mut gehörte zweifellos zu diesen Eigenschaften hinzu, und Goethe hat – was noch zu zeigen sein wird – in nicht wenigen späteren Lebenssituationen nicht eine Sekunde gezögert, seinen persönlichen Mut unter Beweis zu stellen, ungeachtet möglicher existentieller Gefährdungen.

Diese Kraft speiste er aus seiner schon früh verfestigter Überzeugung, ein Liebling der Götter zu sein, ein Privilegium, das er mehr als einmal in „Gottesurteilen“ auf seine weitere Tragfähigkeit testete. In der *Faust*-Dichtung, in der Szene *Nacht*, hat er diesen jugendlichen Überschwang in die kraftgenialischen Verse gegossen:

> Schon fühl’ ich meine Kräfte höher,
> Schon glüh’ ich wie von neuem Wein,
> Ich fühle Mut mich in die Welt zu wagen,
> Der Erde Weh, der Erde Glück zu tragen.[20]

In dieser optimistisch-selbstgläubigen Gemütslage stand er auf dem Münsterturm, bekämpfte er autosuggestiv, aktiv und letztlich erfolgreich, was seinem unbedingten Willen zur Selbstverwirklichung – und das ohne Übereilung – entgegenstand: Lärmempfindlichkeit und Schwindelgefühl beim Blick aus großer Höhe. Es war also keine Überdehnung der Situation, kein gedankenloser Übermut, kein freches Versuchen des Schicksals, als er auf die Plattform hinaustrat, ohne sich festhalten zu können; es war Teil des Lebensplanes, höheres Kalkül – freilich nicht ohne Gefahr.

In dem 1775/76 entstandenem Gedicht *Eis-Lebens-Lied*, später *Mut* überschrieben, hat Goethe dieses sich kräftig behauptende Lebensgefühl in eine poetische Form gegossen:

> Sorglos über die Fläche weg,
> Wo vom kühnsten Wager die Bahn
> Dir nicht vorgegraben du siehst,
> Mache dir selber Bahn!
>
> Stille, Liebchen, mein Herz!
> Kracht's gleich, bricht's doch nicht!
> Bricht's gleich, bricht's nicht mit dir![21]

Das Schlittschuhlaufen, das Goethe sehr liebte und das er 1775/76 in Weimar popularisierte, wird hier mit dem Bild des Eis-Lebens verknüpft, ist aber zugleich symbolisch aufzufassen, da es „ein beseligt-schwingendes Körpergefühl"[22] enthält und einen kraftvollen Rhythmus folgt. An Johanna Fahlmer schrieb Goethe im Brief vom Ende Januar 1774 aus Frankfurt: „Heut war Eis-Hochzeittag! Es mußte gehen, es krachte, und bog sich, und quoll, und finaliter brachs und der Hr. Ritter pattelten sich heraus wie eine Sau."[23]

Abhärtung, Schwindelbekämpfung, sportliche Fitneß – alles diente der allmählichen Entfaltung der Persönlichkeit Goethes durch Körpererziehung – ein sehr moderner Gedanke.

Den Begriff des Mutes hat der Dichter in seinen Werken auch später noch häufig bemüht. „Der Mut stellt sich die

Wege kürzer vor“, heißt es im *Tasso* (Vers 1297), und in der „Natürlichen Tochter“ stehen die Verse:

> Des Unerfahrnen hoher, freier Mut
> Verliert sich leicht in Feigheit und Verzweiflung,
> Wenn sich die Not ihm gegenüberstellt.
> *(Vers 831 f.)*

Schon 1770 schrieb der junge Goethe an Catharine Fabricius: „Mut treibt uns an Beschwerlichkeit, an Gefahren; aber große Freuden werden nur mit großer Mühe erworben.“ Und in den *Maximen und Reflexionen* (753) findet sich der lebenserfahrene Gedanke: „Mut und Bescheidenheit sind die unzweideutigsten Tugenden; denn sie sind von der Art, daß Heuchelei sie nicht nachahmen kann. Auch haben sie die Eigenschaft gemein, sich beide durch dieselbe Farbe auszudrücken.“

Werther erhält die Pistolen
Gemälde von unbekanntem Künstler, um 1780

WERTHERS SELBSTMORD

in Goethes Briefroman 1774

M*ontags früh, den einundzwanzigsten Dezember, schrieb er folgenden Brief an Lotten, den man nach seinem Tode versiegelt auf seinem Schreibtische gefunden und ihr überbracht hat, und den ich absatzweise hier einrücken will, so wie aus den Umständen erhellet, daß er ihn geschrieben habe. „Es ist beschlossen, Lotte, ich will sterben, und das schreibe ich dir ohne romantische Überspannung, gelassen, an dem Morgen des Tages, an dem ich dich zum letzten Male sehen werde. Wenn du dieses liesest, meine Beste, deckt schon das kühle Grab die erstarrten Reste des Unruhigen, Unglücklichen, der für die letzten Augenblicke seines Lebens keine größere Süßigkeit weiß, als sich mit dir zu unterhalten. Ich habe eine schreckliche Nacht gehabt und, ach, eine wohltätige Nacht. Sie ist es, die meinen Entschluß befestiget, bestimmt hat: ich will sterben! Wie ich mich gestern von dir riß, in der fürchterlichen Empörung meiner Sinne, wie sich alles das nach meinem Herzen drängte und mein hoffnungsloses, freudeloses Dasein neben dir in gräßlicher Kälte mich anpackte – ich erreichte kaum mein Zimmer, ich warf mich außer mir auf meine Knie, und o Gott! Du gewährtest mir das letzte Labsal der bittersten Tränen! Tausend Anschläge, tausend Aussichten wüteten durch meine Seele, und zuletzt stand er da, fest, ganz, der letzte, einzige Gedanke: ich will sterben! – ich legte mich nieder, und morgens, in der Ruhe des Erwachens, steht er noch fest, noch ganz stark in meinem Herzen: ich will sterben! – es ist nicht Verzweiflung, es ist Gewißheit, daß ich ausgetragen habe, und daß ich mich opfere für dich. Ja, Lotte! Warum sollte ich es verschweigen? Eins von uns dreien muß hinweg, und das will ich sein! ...“ (...)*

Gegen eilfe fragte Werther seinen Bedienten, ob wohl Albert zurückgekommen sei? Der Bediente sagte: ja, er habe dessen Pferd dahinführen sehen. Darauf gibt ihm der Herr ein offenes Zettelchen des Inhalts: „wollten Sie mir wohl zu einer vorhabenden Reise Ihre Pistolen leihen? Leben Sie recht wohl!“(...)

Die Erscheinung von Werthers Knaben setzte sie in die größte Verlegenheit; er überreichte Alberten das Zettelchen, der sich gelassen nach seiner Frau wendete und sagte: „gib ihm die Pistolen." – „ich lasse ihm glückliche Reise wünschen." sagte er zum Jungen. (…)

Nach Eilfe.

Alles ist so still um mich her, und so ruhig meine Seele. Ich danke dir, Gott, der du diesen letzten Augenblicken diese Wärme, diese Kraft schenkest.

Ich trete an das Fenster, meine Beste! und sehe und sehe noch durch die stürmenden, vorüberfliehenden Wolken einzelne Sterne des ewigen Himmels! Nein, ihr werdet nicht fallen! der Ewige trägt euch an seinem Herzen, und mich. Ich sehe die Deichselsterne des Wagens, des liebsten unter allen Gestirnen. Wenn ich nachts von dir ging, wie ich aus deinem Tore trat, stand er gegen mir über. Mit welcher Trunkenheit habe ich ihn oft angesehen! oft mit aufgehobenen Händen ihn zum Zeichen, zum heiligen Merksteine meiner gegenwärtigen Seligkeit gemacht! und noch – O Lotte, was erinnert mich nicht an dich! umgibst du mich nicht! und habe ich nicht, gleich einem Kinde, ungenügsam allerlei Kleinigkeiten zu mir gerissen, die du Heilige berührt hattest!

Liebes Schattenbild! Ich vermache es dir zurück, Lotte, und bitte dich, es zu ehren. Tausend, tausend Küsse habe ich drauf gedrückt, tausend Grüße ihm zugewinkt, wenn ich ausging oder nach Hause kam.

Ich habe deinen Vater in einem Zettelchen gebeten, meine Leiche zu schützen. Auf dem Kirchhofe sind zwei Lindenbäume, hinten in der Ecke nach dem Felde zu; dort wünsche ich zu ruhen. Er kann, er wird das für seinen Freund tun. Bitte ihn auch. Ich will frommen Christen nicht zumuten, ihren Körper neben einen armen Unglücklichen zu legen. Ach ich wollte, ihr begrübt mich am Wege, oder im einsamen Tale, daß Priester und Levit vor dem bezeichneten Steine sich segnend vorübergingen und der Samariter eine Träne weinte.

Hier, Lotte! Ich schaudere nicht, den kalten schrecklichen Kelch zu fassen, aus dem ich den Taumel des Todes trinken soll! Du reichtest mir ihn und ich zage nicht. All! all! So sind alle die Wünsche und Hoffnungen meines Lebens erfüllt! So kalt, so starr an der ehernen Pforte des Todes anzuklopfen.

Daß ich des Glückes hätte teilhaftig werden können, für dich zu sterben! Lotte, für dich mich hinzugeben! Ich wollte mutig, ich wollte freudig sterben., wenn ich dir die Ruhe, die Wonne deines Lebens wieder schaffen könnte. Aber ach! das ward nur wenigen Edeln gegeben, ihr Blut für die Ihrigen zu vergießen und durch ihren Tod ein neues hundertfältiges Leben ihren Freunden anzufachen.

In diesen Kleidern, Lotte, will ich begraben sein, du hast sie berührt, geheiligt; ich habe auch deinen Vater darum gebeten. Meine Seele schwebt über dem Sarge. Man soll meine Taschen nicht aussuchen. Dieser blaßrote Schleife, die du am Busen hattest, als ich dich zum erstenmale unter deinen Kindern fand – O küsse sie tausendmal und erzähle ihnen das Schicksal ihres unglücklichen Freundes. Die Lieben! sie wimmeln um mich. Ach wie ich mich an dich schloß! seit dem Augenblicke dich nicht lassen konnte! – Diese Schleife soll mit mir begraben werde. An meinem Geburtstage schenktest du mir sie! Wie ich das alles verschlang! – Ach ich dachte nicht, daß mich der Weg hierher führen sollte! – – Sei ruhig! ich bitte dich, sei ruhig! – –

Sie sind geladen – Es schlägt Zwölfe! So sei es denn! – Lotte! Lotte, lebe wohl! lebe wohl!

Ein Nachbar sah den Blick vom Pulver und hörte den Schuß fallen; da aber alles stille blieb, achtete er nicht weiter drauf.

Morgens um Sechse tritt der Bediente herein mit dem Lichte. Er findet seinen Herrn an der Erde, die Pistole und Blut. Er ruft, er faßt ihn an; keine Antwort, er röchelt nur noch. Er läuft nach den Ärzten, nach Alberten. Lotte hört die Schelle ziehen, ein Zittern ergreift alle ihre Glieder. Sie weckt ihren Mann, sie stehen auf, der Bediente bringt heulend und stotternd die Nachricht, Lotte sinkt ohnmächtig vor Alberten nieder.

Als der Medikus zu dem Unglücklichen kam, fand er ihn an der Erde ohne Rettung, der Puls schlug, die Glieder waren alle gelähmt.

Über dem rechten Auge hatte er sich durch den Kopf geschossen, das Gehirn war herausgetrieben. Man ließ ihm zum Überfluß eine Ader am Arme, das Blut lief, er holte noch immer Atem.

Aus dem Blut auf der Lehne des Sessels konnte man schließen, er habe sitzend vor dem Schreibtische die Tat vollbracht, dann ist er heruntergesunken, hat sich konvulsuvisch um den Stuhl herumgewälzt. Er lag gegen das Fenster entkräftet auf dem Rücken, war in völliger Kleidung, gestiefelt, im blauen Frack mit gelber Weste.

Das Haus, die Nachbarschaft, die Stadt kam in Aufruhr. Albert trat herein. Werthern hatte man auf das Bette gelegt, die Stirn verbunden, sein Gesicht schon wie eines Toten, er rührte kein Glied. Die Lunge röchelte noch fürchterlich, bald schwach, bald stärker; man erwartete sein Ende.

Von dem Weine hatte er nur ein Glas getrunken. Emilia Galotti lag auf dem Pulte aufgeschlagen. Von Alberts Bestürzung, von Lottens Jammer laßt mich nichts sagen.

Der alte Amtmann kam auf die Nachricht hereingesprengt, er küßte den Sterbenden unter den heißesten Tränen. Seine ältesten Söhne kamen bald nach ihm zu Fuße, sie fielen neben dem Bette nieder im Ausdrucke des unbändigsten Schmerzens, küßten ihm die Hände und den Mund, und der ält´ste, den er immer am meisten geliebt, hing an seinen Lippen, bis er verschieden war und man den Knaben mit Gewalt wegriß. Um zwölfe mittags starb er. Die Gegenwart des Amtmanns und seine Anstalten tuschten einen Auflauf. Nachts gegen eilfe ließ er ihn an der Stätte begraben, die er sich erwählt hatte. Der Alte folgte der Leiche und die Söhne, Albert vermocht's nicht. Man fürchtete für Lottens Leben. Handwerker trugen ihn. Kein Geistlicher hat ihn begleitet.
Johann Wolfgang von Goethe, *Die Leiden des jungen Werthers*, zweites Buch[24]

Der Briefroman *Die Leiden des jungen Werthers* begründete den Weltruhm Goethes. In dem 1774 in nur etwa zehn Wochen niedergeschriebenen Werk, dann in über 50 Sprachen der Welt übersetzt, verarbeitete Goethe u. a. seine Gefühle und Erlebnisse während seiner halbjährigen Zeit am Wetzlarer Reichskammergericht 1772, wo er sich unsterblich in die 19jährige Charlotte Buff verliebte, die mit seinem Freund Johann Christian Kestner verlobte zweite Tochter des Deutschordens-Amtmanns. Im Roman hat der Held und Ich-Erzähler zunehmend Schwierigkeiten, die Realität seiner gesellschaftlichen Umgebung und deren Regeln zu erfassen und zu respektieren. Seine unerfüllbare Liebe zu der seinem Freund Albert anverlobten Lotte – ein klassisches Dreierverhältnis – schlägt von anfänglichem Glücksgefühl zunehmend um in lähmende Hoffnungslosigkeit und lebensgefährliche Verzweiflung. Der immer weiter von der Realität wegführende Gefühlsüberschwang, der sich zur Natur hinneigt, führt den Helden schließlich in den Selbstmord, der von ihm als Wiedervereinigung mit der Geliebten in der schwärmerisch verehrten Natur begriffen wird.

Goethe überwand den ihm seit seiner Jugend nicht fremden Gedanken an Suizid mit der Niederschrift des Romans. Anläßlich des Selbstmords von Carl Friedrich Zelters Stiefsohn schrieb er am 3. Dezember 1812 dem tiefgebeugten Vater, „daß alle Symptome dieser ... Krankheit auch einmal mein Innerstes durchrast haben, daran läßt Werther wohl keinen Zweifel“.[25]

Anlaß für den Roman lieferte neben Goethes Zuneigung zu Lotte der ebenfalls am Reichskammergericht tätige Carl Wilhelm Jerusalem, das Urbild Werthers, der sich aus unglücklicher, unerfüllbarer Liebe zur Gattin eines Kollegen eine Kugel vor den Kopf schoß. Den Freitod wählen Klärchen im *Egmont*, Ferdinand und Stella in der Tragödienfassung der *Stella* und gewissermaßen auch Ottilie in den *Wahlverwandtschaften* als Ausweg in hoffnungslosen Situationen. Selbst Faust liebäugelt damit. Später hat Goethe Selbstmord als etwas Unnatürliches abgelehnt, weil er seiner grundsätzlichen Lebensbejahung entgegenstand.

Dorfbrand im Thüringischen
Federzeichnung von Johann Wolfgang Goethe, Ausschnitt, 1776

BRANDBEKÄMPFUNG
im Herzogtum 1776/80

Gestern war ich in Ettersburg und diktierte der Göchhausen mit dem lebhaftesten Mutwillen an unsern Vögeln, die Nachricht vom Feuer in Großbrembach jagte mich fort, und ich war geschwind in den Flammen. Nach so lang trocknem Wetter, bei einem unglücklichen Wind war die Gewalt des Feuers unbändig. Man fühlt da recht, wie einzeln man ist und wie die Menschen doch so viel guten und schicklichen Begriff haben, etwas anzugreifen. Die fatalsten sind dabei, wie immer, die nur sehen, was nicht geschieht, und darüber die aufs Notwendige gerichteten Menschen irre machen. Ich habe ermahnt, gebeten, getröstet, beruhigt und meine ganze Sorgfalt auf die Kirche gewendet, die noch in Gefahr stund als ich kam und wo außer dem Gebäude noch viel Frucht, die dem Herrn gehört, auf dem Boden zu Grunde gegangen wäre. Voreilige Flucht ist der größte Schaden bei diesen Gelegenheiten, wenn man sich anstatt zu retten widersetzte, man könnte das Unglaublige tun. Aber der Mensch ist Mensch und die Flamme ein Ungeheuer. Ich bin noch zu keinem Feuer in seiner ganzen Aktivität gekommen als zu diesem. Nach der Bauart unsrer Dörfer müssen wirs täglich erwarten. Es ist, als wenn der Mensch genötigt wäre, einen zierlich und künstlich zusammengebauten Holzstoß zu bewohnen, der recht, das Feuer schnell aufzunehmen, zusammengetragen wäre. Aus dem Teich wollte niemand schöpfen, denn, vom Winde getrieben, schlug die Flamme der nächsten Häuser wirblend hinein. Ich trat dazu und rief, es geht, es geht, ihr Kinder, und gleich waren ihrer wieder da, die schöpften, aber bald mußt ich meine Platz verlassen, weil allenfalls nur wenig Augenblicke auszuhalten war. Meine Augenbrauen sind versengt, und das Wasser, in meinen Schuhen siedend, hat mir die Zehen gebrüht, ein wenig zu ruhen legt ich mich nach Mitternacht, da alles noch brannte und knisterte, im Wirtshaus aufs Bett, und ward von Wanzen heimgesucht und versuchte also manch menschlich Elend und Unbequemlichkeit. Der Herzog und der Prinz kamen später und taten das Ihrige. Einige ganz

gewöhnliche und immer unerkannte Fehler bei solchen Gelegenheiten hab ich bemerkt.
Goethe an Frau von Stein, 26. Juni 1780[26]

Im Tagebuch Goethes sind im Zeitraum 1776 bis 1777 Brände in Ilmenau, Ulrichshalben, Utenbach, Zimmern und Tannroda vermerkt, sicher nur die Spitze des Eisbergs. Diese Brände in den Dörfern um Weimar und Erfurt waren nicht nur an der Tagesordnung, sie vernichteten existentiell die Lebensgrundlagen ganzer Familien; einen Versicherungsschutz gab es noch nicht.

Wenn Goethe nach seinen schmerzhaften Erfahrungen beim Brand in Großbrembach von „unerkannten Fehlern" sprach, so meinte er zunächst die Holzkonstruktionen der Bauernhäuser und die Schindeldächer, die die schnelle Ausbreitung des Feuers begünstigten. Sodann waren die unzureichenden Brandbekämpfungsmaßnahmen zu nennen und nicht zuletzt die mangelhafte Vorsorge. Brände entstanden durch den leichtsinnigen Umgang mit offenem Licht, durch defekte Schlote, durch Blitzschlag, nicht zuletzt durch Brandstiftung, wobei sich die Täter das chaotische und panische Gewimmel der betroffenen Menschen skrupellos zunutze machten. Aus diesem Grund galt Brandstiftung als verabscheuungswürdiges Kapitalverbrechen, das immer mit dem Tode bestraft wurde.

Brände waren so gravierend, daß Goethe und der Herzog oder Goethe allein unverzüglich zum Ort des Geschehens ritten, um selbst die Rettungs- und Aufräumungsarbeiten zu leiten und zu beaufsichtigen: im April 1776 z. B. nach Ulrichshalben, einem Dorf zwischen Weimar und Apolda, „wo 21 Häuser und 1 Mann verbrannt" waren[27], oder im Mai desselben Jahres nach Ilmenau, wobei Goethe und der ihn begleitende Husar die fast 60 Kilometer lange Strecke von Weimar bis Ilmenau in einem knapp sechsstündigen Gewaltritt zurücklegten, auf dem ihnen die Pferde im Dorf Bücheloh unweit des Zieles vor Erschöpfung fast zusammengebrochen wären.

„... eine Gasse mit dürren Schindeldächern wurde mit großer Arbeit gerettet", berichtete Goethe dem Landesherrn, „es sind nur geringe Häuser und arme Leute verunglückt, die doch wenig gerettet haben, Bergleute, Leineweber, Taglöhner."[28]

Goethe hat Brände im Thüringischen mehrfach auf eigenhändigen Zeichnungen festgehalten.

Felsen am Ziegenrücken im Okertal
Zeichnung von Johann Wolfgang von Goethe, 1784

STEINSCHLAG
IN DER GRUBE CAROLINE DOROTHEE
am 8. Dezember 1777 bei Clausthal

Die Menschen streichen sich recht auf mir auf, wie auf einem Probierstein, ihre Gefälligkeit, Gleichgültigkeit, Hartleibigkeit und Grobheit, eins mit dem andern macht mir Spaß – Summa summarum es ist die Prätension aller Prätensionen, keine zu haben. (…)

Es ist eben um die Zeit, wenig Tage auf ab, daß ich vor neun Jahren krank zum Tode war, meine Mutter schlug damals in der äußersten Not ihres Herzens ihre Bibel auf und fand, wie sie mir nachher erzählt hat: „Man wird wiederum Weinberge pflanzen an den Bergen Samariä, pflanzen wird man und dazu pfeifen." Sie fand für den Augenblick Trost, und in der Folge manche Freude an dem Spruche. Sie sehn, was für Zeug mir durcheinander einfällt.

Daß ich jetzt um und in Bergwerken lebe, werden Sie vielleicht schon erraten haben. Gestern, Liebste, hat mir das Schicksal wieder ein groß Kompliment gemacht. Der Geschworne ward einen Schritt vor mir von einem Stück Gebürg, das sich ablöste, zu Boden geschlagen, da er ein sehr robuster Mann war, so stemmte er sich, da es auf ihn fiel, daß es sich in mehr Stücken auseinanderbrach und an ihm hinabrutschte, es überwältigte ihn aber doch, und ich glaubte, es würde ihm wenigstens die Füße sehr beschädigt haben, es ging aber so hin, einen Augenblick später, so stund ich an dem Fleck, denn es war eben vor einem Ort, den er mir zeigen wollte, und meine schwanke Person hätt es gleich niedergedrückt, und mit der völligen Last gequetscht. Es war immer ein Stück von fünf, sechs Zentnern. Also daß Ihre Liebe bei mir bleibe und die Liebe der Götter.

Goethe an Frau von Stein, 9. Dezember 1780[29]

Als dichterisches Ergebnis dieser ersten Flucht aus den beengenden Weimarer Verhältnissen entstand die Sturm-und-Drang-Hymne *Harzreise im Winter*. Aus der Sicht des einsamen Reiters und Wanderers, der sich in einem schwer faßbaren optimistischen Schwebezustand befindet, werden Eindrücke, Bilder, Erlebnisse formuliert, die um das Grundgefühl des Einsseins mit der umgebenden Natur kreisen; Liebe, Schönheit und beglückende Daseinsfülle verdichten sich zu einem Hymnus, der durch das dunkle Schicksal eines notorischen Selbstquälers (Plessing) kontrastiert wird. Der lebensgefährliche Felssturz im Bergwerk, der Goethe schicksalhaft verschont und den er nur im vertraulichen Brief an Charlotte von Stein schildert, taucht im Gedicht nicht auf, wird aber in der Versstrophe „Denn ein Gott hat / Jedem seine Bahn / Vorgezeichnet …" einbegriffen; rätselhaft und geheimnisvoll drückt die Dichtung des Wortkünstlers dessen Überzeugung aus, im Schutze der Götter ein privilegiertes Dasein zu führen, das allein dem künstlerischen Werk zu dienen habe.

Harzreise im Winter
(1777/89)

Dem Geier gleich,
Der auf schweren Morgenwolken
Mit sanftem Fittich ruhend
Nach Beute schaut, Schwebe mein Lied.

Denn ein Gott hat
Jedem seine Bahn
Vorgezeichnet,
Die der Glückliche
Rasch zum freudigen
Ziele rennt;
Wem aber Unglück
Das Herz zusammenzog,
Er sträubt vergebens
Sich gegen die Schranken

Des ehernen Fadens,
Den die doch bittre Schere
Nur einmal löst.

In Dickichtsschauer
Drängt sich das rauhe Wild,
Und mit den Sperlingen
Haben längst die Reichen
In ihre Sümpfe sich gesenkt.

Leicht ist's, folgen dem Wagen,
Den Fortuna führt,
Wie der gemächliche Troß
Auf gebesserten Wegen
Hinter des Fürsten Einzug.

Aber abseits, wer ist's?
Ins Gebüsch verliert sich sein Pfad,
Hinter ihm schlagen
Die Sträuche zusammen,
Das Gras steht wieder auf,
Die Öde verschlingt ihn.

Ach, wer heilet die Schmerzen
Des, dem Balsam zu Gift ward?
Der sich Menschenhaß
Aus der Fülle der Liebe trank.

Erst verachtet, nun ein Verächter,
Zehrt er heimlich auf
Seinen eignen Wert
In ungenügender Selbstsucht.
Ist auf deinem Psalter,
Vater der Liebe, ein Ton

Seinem Ohre vernehmlich,
So erquicke sein Herz!
Öffne den umwölkten Blick
Über die tausend Quellen
Neben dem Durstenden
In der Wüste!

Der du der Freuden viel schaffst,
Jedem ein überfließend Maß,
Segne die Brüder der Jagd
Auf der Fährte des Wilds
Mit jugendlichem Übermut
Fröhlicher Mordsucht,
Späte Rächer des Unbills,
Dem schon Jahre vergeblich
Wehrt mit Knütteln der Bauer.

Aber den Einsamen hüll'
In deine Goldwolken,
Umgib mit Wintergrün,
Bis die Rose wieder heranreift,
Die feuchten Haare,
O Liebe, deines Dichters!

Mit der dämmernden Fackel
Leuchtest du ihm
Durch die Furten bei Nacht,
Über grundlose Wege
Auf öden Gefilden,
Mit dem tausendfarbigen Morgen
Lachst du ins Herz ihm;
Mit dem beizendem Sturm
Trägst du ihn hoch empor.
Winterströme stürzen vom Felsen

In seine Psalmen,
Und Altar des lieblichsten Danks
Wird ihm des gefürchteten Gipfels
Schneebehangner Scheitel,
Den mit Geisterreihen
Kränzten ahnende Völker.

Du stehst mit unerforschtem Busen
Geheimnisvoll-offenbar
Über der erstaunten Welt
Und schaust auf Wolken
Auf ihre Reiche und Herrlichkeit,
Die du aus den Adern deiner Brüder
Neben dir wässerst.[30]

Allein schon der Aufstieg zum verschneiten Brocken war gefährlich; Sumpf und Moor ohne befestigte Wege nicht sichtbar, das Ganze ein Extremwagnis, eine Götterbefragung.

Felsenlandschaft mit Brücke bei Goslar
Zeichnung von Georg Melchior Kraus, 1806

KLETTERPARTIE AN DER REHBERGERKLIPPE
im Harz am 22. September 1783

Ihn (Goethe) erblickend, sah er (Förster Degen) ihm erst noch forschender ins Gesicht, sprach dann: Nun! da kommen Sie dann doch noch einmal, in einer bessern Jahrszeit den Brocken zu besuchen. Ja! Sie würden dorten, als Sie mitten im Winter von mir begehrten, daß ich Sie auf den Brocken führen sollte, mich mit allen Ihren guten Worten – er gab ihm einen Louisdor – doch gewiß nicht beredet haben, Ihr Führer zu sein, wenn nicht eben durch den gar starken Frost eine harte Rinde über den tiefen Schnee gezogen gewesen wäre, die uns tragen konnte. Aber noch nie hatte ein Fremder das von mir begehrt, auch würde ich mit keinem das Wagstück unternommen haben, wiewohl es diesmal gut ablief und wir in guter Zeit von der Spitze des unbewohnten großen Brockens wieder hier waren, nachdem wir eine gar seltene heitere Aussicht in der Runde umher genossen hatten. –

Indem ich so, in noch angenehmer Jahreszeit die Harzgebirge nach dem Brocken hinauf und von ihm wieder herab durchstreifte, führte mich mein waghalsiger Freund noch zu einem Vergnügen, ebenfalls einzig in seiner Art, und was es auch wohl lange noch ihm, mir, und andern Gebirgforschern bleiben wird.

Wir gingen durch Schierke über Elend und Oderbrückhaus, vom Brocken wieder zurück (…) unser romantischer Weg führte uns vom Oderteichdamme, in einer mehr auf Dienstleistungen sich beziehenden Richtung, auf den Rehbergersgraben herunter nach Andreasberg, und so, nah an der Rehbergerklippe vorbei. Diese hohe, nahe am Graben, ganz senkrecht dastehende Felswand war mit einem großen Haufen heruntergestürzter Bruchstücke von Tisch- und Stuhl- und Ofen-Größen verschanzt, von welchen sogleich viele zerschlagen wurden. Unter ihnen fanden sich mehrere von jenen Doppelgesteinarten Granit, mit aufgesetzten, eingewachsenen, dunkelblauen, fast schwarzen, sehr harten (jaspisartigen) Tongestein. Die können nirgends anders herkommen, als von jener Klippe da vor uns. Dahin müssen wir, antwortete

mein Freund. Behutsam! vorsichtig! schrie ich ihm nach, die moosbedeckten schlüpfrigen Felsstücke liegen gefahrvoll durcheinander, wir können die Beine dazwischen brechen. Nur fort! nur fort! antwortete er, voran eilend, wir müssen noch zu großen Ehren kommen, ehe wir die Hälse brechen!
Friedrich Wilhelm Heinrich von Trebra, *Erinnerungen*, Göttingen, 1783[31]

Granit galt Goethe als das Urgestein. In Übereinstimmung mit der wissenschaftlichen Geologie seiner Zeit glaubte er, Granit sei das Urgestein des Erdinnern. Die Neptunisten, denen Goethe seiner Auffassung nach zugerechnet werden muß, vermuteten eine Kristallisation bei der Abkühlung des flüssigen Urbreis, wobei das Sediment des Urmeers entstanden sei. Granit hat den Dichter und Naturwissenschaftler ein Leben lang gleichermaßen fasziniert. Die beiden naturphilosophisch-rhapsodischen Fragmente aus dem Nachlaß – *Über den Granit* und *Der Granit als Grundlage aller geologischen Bildung*, Januar 1784 – gelten heute als Bruchstücke eines geplanten Romans über das Weltall, der nicht geschrieben, sondern in die Makarie-Figur der Meister-Romane eingearbeitet wurde. Goethe sah im Granit das „Urgestein", die Grundfeste unserer Erde, aus der sich nach und nach alles andere bilde. Granit wurde so zum „Symbol des Wahren, Dauernden, Ewigen und Festen hinter der vergänglichen, sich wandelnden Oberflächenwelt und den Wechselfällen menschlichen Lebens" (Gero von Wilpert).

Diese Überzeugung Goethes ist durch die moderne geologische Forschung überholt. Auch Granit verwittert und verändert ständig seine Gestalt. Goethes Interesse blieb davon unberührt. Mit dem befreundeten Geologen Friedrich Wilhelm Heinrich von Trebra besuchte er am 22. September auf der 2. Harzreise die Hohen Klippen am Rehberg, wo sie gemeinsam die Kontaktzone Granit – Hornfels erkannten, die sich sehr markant in der Zeichnung des Gesteins darstellt. Zwei geschliffene und polierte Tischplatten mit einem eindrucksvollen Kontakt der beiden Objekte schenkte von Trebra 1812 seinem Freund Goethe[32], auch um an jene Episode von 1783 zu erinnern. Eine davon befindet sich heute in Goethes Gartenhaus an der Ilm, das Gegenstück im Mineralischen Institut der Universität Jena. Der Beschenkte schrieb am 27. Oktober 1812: „Ich erinnere mich wohl manchmal unserer kühnen Wagnisse zu Entdeckung eines geologischen Punktes", und weiter: „Die mir zugedachte (Platte) soll als ein herrliches Monument unserer Liebe und Freundschaft niedergelegt bleiben, unserer wechselseitigen Neigung, die ebenso beständig und dauerhaft ist, als die Neigung zur Natur, als die stille Leidenschaft, ihre Rätsel anzuschauen, und der Wunsch, durch unsern eignen, selbst rätselhaften Geist ihren Mysterien etwas abzugewinnen."[33]

Friedrich Wilhelm Heinrich von Trebra war 1765 der erste eingeschriebene Bergstudent an der später weltberühmten Bergakademie Freiberg und damit auch der erste Bergstudent in Deutschland überhaupt. Von 1767 bis 1779 arbeitete er als Bergmeister zu Marienberg im Erzgebirge; ab 1775 bekleidete er das Amt des Vizeberghauptmannes. Von 1779 an war er Vizeberghauptmann in Zellerfeld im Harz, dann ab 1791 Berghauptmann. Seine Laufbahn krönte er als Oberberghauptmann in Freiberg von 1801 bis zu seinem Tode 1819.

An Goethes Eifer für die Welt der Steine und Minerale ist von Trebra wesentlich beteiligt. Bereits seit 1776 kannten sich beide Männer näher, als von Trebra den Auftrag der Herzoglich-Weimarischen Kammer erhielt, als Sachverständiger die Bedingungen des niederliegenden Ilmenauer Bergbaues zu untersuchen. Im Harz war von Trebra für Goethe ein wichtiger Lehrer auf dem Gebiet der Mineralogie bei ihren gemeinsamen Exkursionen.

Die Festung Malcesine
Kohlezeichnung von Johann Wolfgang von Goethe
Ausschnitt, 1786

SPIONAGEVERDACHT IN MALCESINE
am 13. September 1786

Der Gegenwind, der mich gestern in den Hafen von Malcesine trieb, bereitete mir ein gefährliches Abenteuer, welches ich mit gutem Humor überstand und in der Erinnerung lustig finde. Wie ich mir vorgenommen hatte, ging ich morgens beizeiten in das alte Schloß, welches ohne Tor, ohne Verwahrung und Bewachung jedermann zugänglich ist. Im Schloßhofe setzte ich mich dem alten auf und in den Felsen gebauten Turm gegenüber; hier hatte ich zum Zeichnen ein sehr bequemes Plätzchen gefunden; neben einer drei, vier Stufen erhöhten verschlossenen Tür, im Türgewände ein verziertes steinernes Sitzchen, wie wir sie wohl bei uns in alten Gebäuden auch noch antreffen.

Ich saß nicht lange, so kamen verschiedene Menschen in den Hof herein, betrachteten mich und gingen hin und wider. Die Menge vermehrte sich, blieb endlich stehen, so daß sie mich zuletzt umgab. Ich bemerkte wohl, daß mein Zeichnen Aufsehen erregt hatte, ich ließ mich aber nicht stören und fuhr ganz gelassen fort. Endlich drängte sich ein Mann zu mir, nicht von dem besten Ansehen, und fragte, was ich da mache. Ich erwiderte ihm, daß ich den alten Turm abzeichne, um mir ein Andenken von Malcesine zu erhalten. Er sagte darauf, es sei dies nicht erlaubt, und ich sollte es unterlassen. Da er dieses in gemeiner venezianischer Sprache sagte, so daß ich ihn wirklich kaum verstand, so erwiderte ich ihm, daß ich ihn nicht verstehe. Er ergriff darauf mit wahrer italienischer Gelassenheit mein Blatt, zerriß es, ließ es aber auf der Pappe liegen. Hierauf konnt' ich einen Ton der Unzufriedenheit unter den Umstehenden bemerken, besonders sagte eine ältliche Frau, es sei nicht recht, man solle den Podestà rufen, welcher dergleichen Dinge zu beurteilen wisse. Ich stand auf meinen Stufen, den Rücken gegen die Türe gelehnt, und überschaute das immer sich vermehrende Publikum. Die neugierigen starren Blicke, der gutmütige Ausdruck in den meisten Gesichtern und was sonst noch alles eine fremde Volksmasse charakterisieren mag, gab mir den lustigsten Eindruck. Ich glaubte, das Chor der Vögel vor mir zu sehen, das ich als Treufreund auf dem Ettersburger Theater oft zum besten gehabt. Dies versetzte mich in die heiterste Stimmung, so daß, als der Podestà mit seinem Aktuarius herankam, ich ihn freimütig begrüßte und auf seine Frage, warum ich ihre Festung abzeichnete, ihm bescheiden erwiderte, daß ich dieses Gemäuer nicht für eine Festung anerkenne. Ich machte ihn und das Volk aufmerksam auf den Verfall dieser Türme und dieser Mauern, auf den Mangel von Toren, kurz auf die Wehrlosigkeit des ganzen Zustandes und versicherte, ich habe hier nichts als eine Ruine zu sehen und zu zeichnen gedacht.

Man entgegnete mir: wenn es eine Ruine sei, was denn dran wohl merkwürdig scheinen könne? Ich erwiderte darauf, weil ich Zeit und Gunst zu gewinnen suchte, sehr umständlich, daß sie wüßten, wie viele Reisende nur um der Ruinen willen nach Italien zögen, daß Rom, die Hauptstadt der Welt, von den Barbaren verwüstet, voller Ruinen stehe, welche hundert- und aber hundertmal gezeichnet worden, daß nicht alles aus dem Altertum so erhalten sei, wie das Amphitheater zu Verona, welches ich denn auch bald zu sehen hoffte.

Johann Wolfgang von Goethe, *Italienische Reise* [34]

In der Luft hing der zunächst nicht ausgesprochene Verdacht der Spionage, was im schlimmsten Fall mit einer Inhaftierung hätte enden können, die durchaus ein böses Ende finden konnte. Mit überzeugender Beredsamkeit – die italienischen Ohren immer Wohlwollen erzeugt – gelang es Goethe, die zahlreichen Zeugen der Szene auf seine Seite zu ziehen und auch die herbeigeeilten, etwas dümmlichen Amtspersonen von seiner Harmlosigkeit und der mangelhaften Wehrfähigkeit der Ruine zu überzeugen.

Malcesine liegt am Ostufer des Gardasees und erstreckt sich um den alten Burgfelsen. Die erste Burganlage geht auf die Langobarden im 7. Jahrhundert zurück; später kamen die Franken, dann die Scaliger. Die Venetianer erneuerten im 17. Jahrhundert die Anlage und legten eine Garnison an.

Andere Ufer des Sees gehörten zum Habsburger Kaiserreich, wodurch es zu Grenzstreitigkeiten und neuen Grenzziehungen kam. Das war der Hintergrund der Verdächtigungen, denen sich Goethe ausgesetzt sah. Eine moderne Herme im Hof der Burganlage erinnert an des Dichters Aufenthalt 1786.

Von Torbole kommend, hatte Goethe auf seiner italienischen Reise, das Boot benutzend, Malcesine am 13. September 1786 erreicht; heftiger Wind hinderte das leichte Gefährt an der Weiterreise. Bei seinen Erkundungen der malerischen Umgebung des Sees hielt er einige Eindrücke auf dem Papier fest, was heimliche Denunzianten auf den Plan rief. Den Verdacht, ein österreichischer Spion zu sein, konnte Goethe ausräumen, in dem er sehr subtile Kenntnisse italienischer Personen und Familien in Frankfurt darzustellen wußte. Nach Mitternacht setzte er seine Fahrt in Richtung Bardolino fort.

Goethe behauptete später, daß er sich mit einigen Geldgeschenken losgekauft hätte; die ausgeschmückte Anekdote wurde erst in der Buchausgabe der *Italienischen Reise* publiziert.

Nächtlicher Vesuvausbruch
Farbig aquarellierte Tuschfederzeichnung von Johann Wolfgang von Goethe, 1787

DREIMALIGER AUFSTIEG ZUM VESUV

am 2., 6. und 19. März 1787

Den 2. März (1787) bestieg ich den Vesuv, obgleich bei trübem Wetter und umwölktem Gipfel. Fahrend gelangt' ich nach Resina, sodann auf einem Maultiere den Berg zwischen Weingärten hinauf; nun zu Fuß über die Lava vom Jahre Einundsiebzig, die schon feines, aber festes Moos auf sich erzeugt hatte; dann an der Seite der Lava her. Die Hütte des Einsiedlers blieb mir links auf der Höhe. Ferner den Aschenberg hinauf, welches eine sauere Arbeit ist. Zwei Drittteile dieses Gipfels waren mit Wolken bedeckt. Endlich erreichten wir den alten, nun ausgefüllten Krater, fanden die neuen Laven von zwei Monaten vierzehn Tagen, ja eine schwache von fünf Tagen schon erkaltet. Wir stiegen über sie an einem erst aufgeworfenen vulkanischen Hügel hinauf, er dampfte aus allen Enden. Der Rauch zog von uns weg, und ich wollte nach dem Krater gehen. Wir waren ungefähr funfzig Schritte in den Dampf hinein, als er so stark wurde, daß ich kaum meine Schuhe sehen konnte. Das Schnupftuch vorgehalten half nichts, der Führer war mir auch verschwunden, die Tritte auf den ausgeworfenen Lavabröckchen unsicher, ich fand für gut umzukehren und mir den gewünschten Anblick auf einen heitern Tag und verminderten Rauch zu sparen. Indeß weiß ich doch auch, wie schlecht es sich in solcher Atmosphäre Atem holt. Übrigens war der Berg ganz still. Weder Flamme, noch Brausen, noch Steinwurf, wie er doch die ganze Zeit her trieb. Ich habe ihn nun rekognosziert, um ihn förmlich, sobald das Wetter gut werden will, zu belagern. (…)

Johann Wolfgang von Goethe, *Italienische Reise* [35]

Am Fuße des steilen Hanges empfingen uns zwei Führer, ein älterer und ein jüngerer, beides tüchtige Leute. Der erste schleppte mich, der zweite Tischbein den Berg hinauf. Sie schleppten, sage ich: denn ein solcher Führer umgürtet sich mit einem ledernen Riemen, in welchen der Reisende greift und, hinaufwärts gezogen, sich an einem Stabe, auf seinen eigenen Füßen, desto leichter empor hilft. So erlangten wir die Fläche, über welcher sich der Kegelberg erhebt, gegen Norden die Trümmer der Somma.

Ein Blick westwärts über die Gegend nahm wie ein heilsames Bad alle Schmerzen der Anstrengung und alle Müdigkeit hinweg, und wir umkreisten nunmehr den immer qualmenden, Stein und Asche auswerfenden Kegelberg. So lange der Raum gestattete, in gehöriger Entfernung zu bleiben, war es ein großes geisterhebendes Schauspiel. Erst ein gewaltsamer Donner, der aus dem tiefsten Schlunde hervortönte, sodann Steine, größere und kleinere, zu Tausenden in die Luft geschleudert, von Aschewolken eingehüllt. Der größte Teil fiel in den Schlund zurück. Die andern nach der Seite zu getriebenen Brocken, auf die Außenseite des Kegels niederfallend, machten ein wunderbares Geräusch: erst plumten die schwereren und hupften mit dumpfem Getön an die Kegelseite hinab, die geringeren klapperten hinterdrein, und zuletzt rieselte die Asche nieder. Dieses alles geschah in regelmäßigen Pausen, die wir durch ein ruhiges Zählen sehr wohl abmessen konnten. Zwischen der Somma und dem Kegelberge ward aber der Raum enge genug, schon fielen mehrere Steine um uns her und machten den Umgang unerfreulich. Tischbein fühlte sich nunmehr auf dem Berge noch verdrießlicher, da dieses Ungetüm, nicht zufrieden häßlich zu sein, auch noch gefährlich werden wollte.

Wie aber durchaus eine gegenwärtige Gefahr etwas Reizendes hat und den Widerspruchsgeist im Menschen auffordert, ihr zu trotzen, so bedachte ich, daß es möglich sein müsse, in der Zwischenzeit von zwei Eruptionen, den Kegelberg hinauf an den Schlund zu gelangen und auch in diesem Zeitraum den Rückweg zu gewinnen. Ich ratschlagte hierüber mit den Führern, unter einem überhängenden Felsen der Somma, wo wir, in Sicherheit gelagert, uns an den mitgebrachten Vorräten erquickten. Der jüngere getraute sich, das Wagestück mit mir zu bestehen, unsere Hutköpfe fütterten wir mit leinenen und seidenen Tüchern, wir stellten uns bereit, die Stäbe in der Hand, ich seinen Gürtel fassend.

Noch klapperten die kleinen Steine um uns herum, noch rieselte die

Asche, als der rüstige Jüngling mich schon über das glühende Gerölle hinaufriß. Hier standen wir an dem ungeheuren Rachen, dessen Rauch eine leise Luft von uns ablenkte, aber zugleich das Innere des Schlundes verhüllte, der ringsum aus tausend Ritzen dampfte. Durch einen Zwischenraum des Qualmes erblickte man hie und da geborstene Felsenwände. Der Anblick war weder unterrichtend noch erfreulich, aber eben deswegen, weil man nichts sah, verweilte man, um etwas herauszusehn. Das ruhige Zählen war versäumt, wir standen auf einem scharfen Rande vor dem ungeheuern Abgrund. Auf einmal erscholl der Donner, die furchtbare Ladung flog an uns vorbei, wir duckten uns unwillkührlich, als wenn uns das vor den niederstürzenden Massen gerettet hätte; die kleineren Steine klapperten schon, und wir, ohne zu bedenken, daß wir abermals eine Pause vor uns hatten, froh, die Gefahr überstanden zu haben, kamen mit der noch rieselnden Asche am Fuße des Kegels an, Hüte und Schultern genügsam eingeäschert.[36] (…)

Die Kunde einer soeben ausbrechenden Lava, die für Neapel unsichtbar nach Ottajano hinunterfließt, reizte mich, zum drittenmale den Vesuv zu besuchen. Kaum war ich am Fuße desselben aus meinem zweirädrigen einpferdigen Fuhrwerk gesprungen, so zeigten sich schon jene beiden Führer, die uns früher hinauf begleitet hatten. Ich wollte keinen missen und nahm den einen aus Gewohnheit und Dankbarkeit, den andern aus Vertrauen, beide der mehreren Bequemlichkeit wegen mit mir.

Auf die Höhe gelangt, blieb der eine bei den Mänteln und Viktualien, der jüngere folgte mir, und wir gingen mutig auf einen ungeheuren Dampf los, der unterhalb des Kegelschlundes aus dem Berge brach; sodann schritten wir an dessen Seite her gelind hinabwärts, bis wir endlich unter klarem Himmel aus dem wilden Dampfgewölke die Lava hervorquellen sahen.

Man habe auch tausenmal von einem Gegenstande gehört, das Eigentümliche desselben spricht nur zu uns aus dem unmittelbaren Anschauen. Die Lava war schmal, vielleicht nicht breiter als zehn Fuß, allein die Art, wie sie eine sanfte, ziemlich ebene Fläche hinabfloß, war auffallend genug: denn indem sie während des Fortfließens an den Sei-

ten und an der Oberfläche verkühlt, so bildet sich ein Kanal, der sich immer erhöht, weil das geschmolzene Material auch unterhalb des Feuerstroms erstarrt, welcher die auf der Oberfläche schwimmenden Schlacken rechts und links gleichförmig hinunterwirft, wodurch sich denn nach und nach ein Damm erhöht, auf welchem der Glutstrom ruhig fortfließt wie ein Mühlbach. Wir gingen neben dem ansehnlich erhöhten Damme her, die Schlacken rollten regelmäßig an den Seiten herunter bis zu unsern Füßen. Durch einige Lücken des Kanals konnten wir den Glutstrom von unten sehen und, wie er weiter hinabfloß,, ihn von oben beobachten.
Johann Wolfgang von Goethe, *Italienische Reise* [37]

Der Vesuv, dessen letzter großer Ausbruch ins Jahr 1944 fällt, erreicht heute eine Höhe von ca. 1281 Meter. Jeder der fünf durch die Forschung bewiesenen explosiven Großausbrüche in den letzten 2000 Jahren, immer „plinianische Eruption" benannt (nach dem römischen Senator Plinius dem Jüngeren, der den Ausbruch im Jahr 79 n. Chr. beobachtete und beschrieb), setzte gigantische Massen von Magma frei und wurde von pyroklastischen Strömen begleitet, die zu den gefährlichsten Formen des Vulkanismus zählen. Goethe waren solche Erscheinungen der Vulkanologie unbekannt; die Tatsache der Vernichtung der antiken Städte Pompeji, Herkulaneum und Stabiae durch den Vesuv am 24. August des Jahres 79 n. Chr. war ihm natürlich aus der Literatur und dem Besuch der Ausgrabungsstätte gegenwärtig.

Goethes Vesuv-Besteigungen gehören zweifellos zu den gefährlichsten Abenteuern seines Lebens. Der Reisende, freilich physisch in bester Verfassung, suchte geradezu die Gefahr, weil er dabei im sicheren Gefühl handelte, daß ihm als einem Günstling der Götter nichts passieren könne. In der *Italienischen Reise* begründete er diese Verhaltensweise mit einer besonderen Kaltblütigkeit und einer ihm angeblich eigenen Analysefähigkeit in Gefahrensituationen: „Doch muß ich euch nicht, weder im Traume noch im Wachen", schrieb er abwiegelnd nach Weimar, „von Gefahr umgeben erscheinen; seid versichert, da wo ich gehe, ist nicht mehr Gefahr als auf der Chaussee nach Belvedere. Die Erde ist überall des Herrn! kann man wohl bei dieser Gelegenheit sagen." Und dann die Kernaussage: „Ich suche keine Abenteuer aus Vorwitz noch Sonderbarkeit, aber weil ich meist klar bin und dem Gegenstand bald seine Eigentümlichkeit abgewinne, so kann ich mehr tun und wagen als ein anderer."[34] Diese Schutzbehauptungen erklären Goethes auffallende Risikobereitschaft nur zum Teil, wie auch später, im Krieg 1792 und 1793, zu zeigen sein wird.

Goethe gehörte zu den frühesten namhaften „Touristen" auf dem Vesuv; die *Italienische Reise* hat zur Bekanntheit des gefährlichen Berges im 19. Jahrhundert wahrscheinlich mehr beigetragen als die Ausbrüche davor. Seit etwa 1700 gehörten Neapel und der Vesuv zu den klassischen Zielpunkten der italienischen Reisen. Bei dem auch von Goethe erwähnten Einsiedler konnten sich die Reisenden verköstigen, Andenken erwerben oder sich in ein Gästebuch eintragen. Eine Passage in Jean Pauls Roman *Der Titan* machte dieses touristische Anwesen weithin bekannt. Auch Jakob Philipp Hakkert, mit dem Goethe während seiner Zeit in Neapel engen freundschaftlichen Kontakt pflegte, hat mit seinem bekannten Gemälde *Vesuv bei Nacht* zur Popularität des Vulkans beigetragen. In Goethes graphischer Sammlung liegen Blätter, die das Ereignis von Eruptionen eindrucksvoll festhalten.

Vesuvausbruch (in der Antike)
Federzeichnung mit Sepialavierung von Johann Wolfgang von Goethe, 1787

BESTEIGUNG DES ÄTNA BIS MONTE ROSSO
am 5. Mai 1787

Folgsam dem guten Rate machten wir uns zeitig auf den Weg und erreichten, auf unseren Maultieren immer rückwärts schauend, die Region der durch die Zeit noch ungebändigten Laven. Zackige Klumpen und Tafeln starrten uns entgegen, durch welche nur ein zufälliger Pfad von den Tieren gefunden wurde. Auf der ersten bedeutenden Höhe hielten wir still. Kniep zeichnete mit großer Präzision, was hinaufwärts vor uns lag: die Lavenmassen im Vorgrunde, den Doppelgipfel des Monte Rosso links, gerade über uns die Wälder von Nicolosi, aus denen der beschneite, wenig rauchende Gipfel hervorstieg. Wir rückten dem roten Berge näher, ich stieg hinauf: er ist ganz aus rotem vulkanischem Grus, Asche und Steinen zusammengehäuft. Um die Mündung hätte sich bequem herumgehen lassen, hätte nicht ein gewaltsam stürmender Morgenwind jeden Schritt unsicher gemacht; wollte ich nur einigermaßen fortkommen, so mußte ich den Mantel ablegen, nun aber war der Hut jeden Augenblick in Gefahr, in den Krater getrieben zu werden und ich hinterdrein. Deshalb setzte ich mich nieder, um mich zu fassen und die Gegend zu überschauen; aber auch diese Lage half mir nichts: der Sturm kam gerade von Osten her, über das herrliche Land, das nah und fern bis an's Meer unter mir lag. Den ausgedehnten Strand von Messina bis Syrakus, mit seinen Krümmungen und Buchten, sah ich vor Augen, entweder ganz frei oder durch Felsen des Ufers nur wenig bedeckt. Als ich ganz betäubt wieder herunterkam, hatte Kniep im Schauer seine Zeit gut angewendet und mit zarten Linien auf dem Papier gesichert, was der wilde Sturm mich kaum sehen, viel weniger festhalten ließ.

Johann Wolfgang von Goethe, *Italienische Reise* [38]

Der Ätna ist mit etwa 3200 bis 3350 m der höchste, darüber hinaus der aktivste Vulkan Europas. Catania und Messina sind die nächst betroffenen sizilianischen Städte, wo sich auch zahlreiche Erdbeben ereigneten. Vier Gipfelkrater verändern ständig die aktuelle Höhe des schneebedeckten Bergs. Der Gebirgsstock des Ätna nimmt rund 1250 km^2 ein und hat einen umfang von etwa 250 km. Er zählt nicht zu den überwiegend explosiven Vulkanen, da die dünnflüssige Lava die Gase entweichen läßt.

Aus der antiken Mythologie – Goethe bestens bekannt – ist der Ätna nicht wegzudenken, ebenso wie der Stromboli oder die Liparischen Inseln. Die Kyklopen sind hier beheimatet, in den Sagen tauchen der Gott Hephaistos, seine Gattin Aphrodite und das Ungeheuer Typhon auf. Die befragten Einheimischen rieten Goethe dringend von einer Gipfelbesteigung zu dieser Jahreszeit ab; der Schnee läge noch zu weit talwärts und sei kaum zu überwinden. Goethe folgte klugerweise den Ratschlägen und fand die Warnungen ja auch bestätigt: Der Sturm war so heftig, daß selbst am Roten Berg keine Standfestigkeit gegeben war. Durch die zahlreichen Erdbeben fanden Goethe und Kniep die Städte zu großen Teilen zerstört, so auch Messina.

Die am Vesuv und am Ätna gemachten Erfahrungen hätten den Neptunisten in Goethe eigentlich zum Schweigen bringen bzw. eines Besseren belehren müssen. Neptunisten führten die Entstehung der Erdoberfläche und der Gebirge auf einen allmählich absinkenden Urozean zurück, dessen Ablagerungen das Erdprofil herausbildete. Die Vulkanisten oder Plutonisten dagegen sahen in Bränden oberflächennaher Kohlelager die Ursachen für die Schmelze von Gesteinen.

Hauptvertreter der Neptunisten-Schule war der Freiberger Geologe Abraham Gottlob Werner, der als der führende Kopf der Mineralogie galt, aber nie in seinem Leben den Vulkanismus erlebt und beobachtet hat. Nach Werners Tod 1817 schwenkten fast alle Fachwissenschaftler zum Vulkanismus um.

Goethe verblieb mit einem gewissen Altersstarrsinn bei den Neptunisten, was vermutlich mit seiner tiefen Verehrung von Werner zu tun hatte. Öffentlich räumte er den Irrtum niemals ein, ließ aber in der *Faust*-Dichtung, im Streitgespräch zwischen Anaxagoras und Thales, eine gewisse Standortverschiebung anklingen.

Das von Goethe zitierte „Bild aus Merians Kupferbibel“:
Jesus auf dem stürmischen See Tiberias (Genezareth), nach Matthäus 8, 23-27, handkolorierter Kupferstich von Matthäus Merian d. Ä., 1630

DROHENDER SCHIFFBRUCH

bei der Rückfahrt von Sizilien am 14. Mai 1787

Im Schiffe selbst sah es nun anders aus als auf der neapolitanischen Korvette; doch beschäftigte uns, bei allmählicher Entfernung vom Ufer, die herrliche Ansicht des Palastzirkels, der hinter der Stadt aufsteigenden Berge. Kalabrien an der andern Seite. Nun der freie Blick in die Meerenge nord- und südwärts, bei einer ausgedehnten, an beiden Seiten schön beuferten Breite. Als wir dieses nach und nach anstaunten, ließ man uns links, in ziemlicher Ferne, einige Bewegung im Wasser, rechts aber, etwas näher, einen vom Ufer sich auszeichnenden Felsen bemerken, jene als Charybdis, diesen als Scylla. (...)

Mich aber befiel abermals die unangenehme Empfindung der Seekrankheit, und hier war dieser Zustand nicht wie bei der Überfahrt durch bequeme Absonderung gemildert; doch fand sich die Kajüte groß genug, um mehrere Personen einzunehmen, auch an guten Matratzen war kein Mangel. Ich nahm die horizontale Stellung wieder an, in welcher mich Kniep gar vorsorglich mit rotem Wein und gutem Brot ernährte. In dieser Lage wollte mir unsere ganze sizilianische Reise in keinem angenehmen Lichte erscheinen. (...)

Meine Hoffnung, diesmal schneller nach Neapel zu gelangen, oder von der Seekrankheit eher befreit zu sein, war nicht eingetroffen. Verschiedene mal versuchte ich, durch Kniep angeregt, auf das Verdeck zu treten, allein der Genuß eines so mannichfaltigen Schönen war mir versagt, nur einige Vorfälle ließen mich meinen Schwindel vergessen. (...) Der Wind blieb ungünstig, den unser Schiff, in verschiedenen Richtungen fortstreichend, nur überlisten konnte. Die Ungeduld hierüber ward vermehrt, als einige erfahrne Reisende versicherten: weder Hauptmann noch Steurer verstünden ihr Handwerk, jener möge wohl als Kaufmann, dieser als Matrose gelten, für den Wert so vieler Menschen und Güter seien sie nicht geeignet einzustehen.

Ich ersuchte diese übrigens braven Personen, ihre Besorgnisse geheim zu halten. Die Anzahl der Passagiere war groß, darunter Weiber und

Kinder von verschiedenem Alter, denn alles hatte sich auf das französische Fahrzeug gedrängt, die Sicherheit der weißen Flagge vor Seeräubern, sonst nichts weiter bedenkend. Ich stellte vor, daß Mißtrauen und Sorge jeden in die peinlichste Lage versetzen würde, da bis jetzt alle in der farb- und wappenlosen Leinwand ihr Heil gesehen. (…)

Und so war der Nachmittag vorbeigegangen, ohne daß wir unsern Wünschen gemäß in den Golf von Neapel eingefahren wären. Wir wurden vielmehr immer westwärts getrieben, und das Schiff, indem es sich der Insel Capri näherte, entfernte sich immer mehr von dem Cap Minerva. Jedermann war verdrießlich und ungeduldig, wir beide aber, die wir die Welt mit malerischen Augen betrachteten, konnten damit sehr zufrieden sein, denn bei Sonnenuntergang genossen wir des herrlichsten Anblicks, den uns die ganze Reise gewährt hatte. (…)

Über diese uns so willkommenen Szenen hatten wir unbemerkt gelassen, daß uns ein großes Unheil bedrohe; doch ließ uns die Bewegung unter den Passagieren nicht lange in Ungewißheit. Sie, der Meeresereignisse kundiger als wir, machten dem Schiffsherrn und seinem Steuermann bittre Vorwürfe; daß über ihre Ungeschicklichkeit nicht allein die Meerenge verfehlt sei, sondern auch die ihnen anvertraute Personenzahl, Güter und alles umzukommen in Gefahr schwebe. Wir erkundigten uns nach der Ursache dieser Unruhe, indem wir nicht begriffen, daß bei völliger Windstille irgend ein Unheil zu befürchten sei. Aber eben diese Windstille machte jene Männer trostlos: wir befinden uns, sagten sie, schon in der Strömung, die sich um die Insel bewegt und durch einen sonderbaren Wellenschlag so langsam als unwiderstehlich nach dem schroffen Felsen hinzieht, wo uns auch nicht ein fußbreit Vorsprung oder Bucht zur Rettung gegeben ist.

Aufmerksam durch diese Reden, betrachteten wir nun unser Schicksal mit Grauen; denn obgleich die Nacht die zunehmende Gefahr nicht unterscheiden ließ, so bemerkten wir doch, daß das Schiff, schwankend und schwippend, sich den Felsen näherte, die immer finsterer vor uns standen, während über das Meer hin noch ein leichter Abendschimmer verbreitet lag. Nicht die geringste Bewegung war in der Luft zu bemerken: Schnupftücher und leichte Bänder wurden von jedem in die Höhe und in's Freie gehalten, aber keine Andeutung eines erwünschten Hauches zeigte sich. Die Menge ward immer lauter und wilder. Nicht etwa betend knieten die Weiber mit ihren Kindern auf dem Verdeck, sondern, weil der Raum zu eng war, sich darauf zu bewegen, lagen sie gedrängt aneinander. Sie noch mehr als die Männer, welche besonnen auf Hülfe und Rettung dachten, schalten und tobten gegen den Kapitän. Nun ward ihm alles vorgeworfen, was man auf der ganzen Reise schweigend zu erinnern gehabt: für teures Geld einen schlechten Schiffsraum, geringe Kost, ein zwar nicht unfreundliches, aber doch stummes Betragen. Er hatte niemand von seinen Handlungen Rechenschaft gegeben, ja selbst noch den letzten Abend ein hartnäckiges Stillschweigen über seine Manövres beobachtet. Nun hieß er und der Steuermann hergelaufene Krämer die, ohne Kenntnis der Schiffkunst, sich aus bloßen Eigennutz des Besitz eines Fahrzeuges zu verschaffen gewußt und nun, durch Unfähigkeit und Ungeschicklichkeit, alle, die ihnen anvertraut, zu Grunde richteten. Der Hauptmann schwieg und schien immer noch auf Rettung zu sinnen; mir aber, dem von Jugend auf Anarchie verdrießlicher gewesen als der Tod selbst, war es unmöglich, länger zu schweigen. Ich trat vor sie hin und redete ihnen zu, mit ungefähr ebenso viel Gemütsruhe als den Vögeln von Malcesine. Ich stellte ihnen vor, daß gerade in diesem Augenblick ihr Lärmen und Schreien denen, von welchen noch allein Rettung zu hoffen sei, Ohr und Kopf verwirrten, so daß sie weder denken noch sich untereinander verständigen könnten. „Was euch betrifft", rief ich aus, „kehrt in euch selbst zurück und dann wendet euer brünstiges Gebet zur Mutter Gottes, auf die es ganz allein ankommt, ob sie sich bei ihrem Sohne verwenden mag, daß er für euch tue, was er damals für seine Apostel getan, als auf dem stürmischen See Tiberias die Wellen schon in das Schiff schlugen, der Herr aber schlief, der jedoch, als ihn die Trost- und Hülflosen aufweckten, sogleich dem Winde zu ruhen gebot, wie er jetzt der Luft gebieten kann, sich zu regen, wenn es anders sein heiliger Wille ist."

Diese Worte taten die beste Wirkung. Eine unter den Frauen, mit der ich mich schon früher über sittliche und geistliche Gegenstände unterhalten hatte, rief aus: Ah! il Barlamé! Benedetto il Barlamé! und wirklich fingen sie, da sie ohnehin schon auf den Knieen lagen, ihre Litaneien mit mehr als herkömmlicher Inbrunst leidenschaftlich zu beten an. Sie konnten dies mit desto größerer Beruhigung tun, als die Schiffsleute noch ein Rettungsmittel versuchten, das wenigstens in die Augen fallend war: sie ließen das Boot hinunter, das freilich nur sechs bis acht Männer fassen konnte, befestigten es durch ein langes Seil an das Schiff, welches die Matrosen durch Ruderschläge nach sich zu ziehen kräftig bemüht waren. Auch glaubte man einen Augenblick, daß sie es innerhalb der Strömung bewegten, und hoffte es bald aus derselben herausgerettet zu sehen. Ob aber gerade diese Bemühungen die Gegengewalt der Strömung vermehrt, oder wie es damit beschaffen sein mochte, so ward mit einmal an dem langen Seile das Boot und seine Mannschaft im Bogen rückwärts nach dem Schiffe geschleudert, wie die Schmitze einer Peitsche, wenn der Fuhrmann einen Zug tut. Auch diese Hoffnung ward aufgegeben! – Gebet und Klagen wechselten ab, und der Zustand wuchs um so schauerlicher, da nun oben auf den Felsen die Ziegenhirten, deren Feuer man schon längst gesehen hatte, hohl aufschrien: da unten strande das Schiff! Sie riefen einander noch viel unverständliche Töne zu, in welchen einige, mit der Sprache bekannt, zu vernehmen glaubten, als freuten sie sich auf manche Beute, die sie am andern Morgen aufzufischen gedächten. Sogar der tröstliche Zweifel, ob denn auch wirklich das Schiff dem Felsen sich so drohend nähere, war leider nur zu bald gehoben, indem die Mannschaft zu großen Stangen griff, um das Fahrzeug, wenn es zum Äußersten käme, damit von den Felsen abzuhalten, bis denn endlich auch diese brächen und alles verloren sei. Immer stärker schwankte das Schiff, die Brandung schien sich zu vermehren, und meine durch alles dieses wiederkehrende Seekrankheit drängte mir den Entschluß auf, hinunter in die Kajüte zu steigen. Ich legte mich halb betäubt auf meine Matratze, doch aber mit einer gewissen angenehmen Empfindung, die sich vom See Tiberias herzuschreiben schien: denn ganz deutlich schwebte mir das Bild aus Merians Kupferbibel vor Augen. Und so bewährt sich die Kraft aller sinnlich-sittlichen Eindrücke jedesmal am stärksten, wenn der Mensch ganz auf sich selbst zurückgewiesen ist. Wie lange ich so in halbem Schlafe

gelegen, wüßte ich nicht zu sagen, aufgeweckt aber ward ich durch ein gewaltsames Getöse über mir; ich konnte deutlich vernehmen, daß es die großen Seile waren, die man auf dem Verdeck hin und wider schleppte, dies gab mir Hoffnung, daß man von den Segeln Gebrauch machte. Nach einer kleinen Weile sprang Kniep herunter und kündigte mir an, daß man gerettet sei, der gelindeste Windshauch habe sich erhoben; in dem Augenblick sei man bemüht gewesen, die Segel aufzuziehen, er selbst habe nicht versäumt, Hand anzulegen. Man entferne sich schon sichtbar vom Felsen, und obgleich noch nicht völlig außer der Strömung, hoffe man nun doch, sie zu überwinden. Oben war alles stille; sodann kamen mehrere der Passagiere, verkündigten den glücklichen Ausgang und legten sich nieder. Als ich früh am vierten Tage unserer Fahrt erwachte, befand ich mich frisch und gesund …
Johann Wolfgang von Goethe, *Italienische Reise*[39]

Es war das einzige Mal in seinem Leben, daß er seekrank wurde, war die Überfahrt vom Festland zur Insel Sizilien und zurück doch auch die einzige Gelegenheit, das Meer in seiner Größe, Unberechenbarkeit und Gefährlichkeit selbst zu erleben. Von Sizilien aus sah Goethe ein einziges Mal im Dunst die Küste Afrikas. Auf der Rückfahrt nach der sechswöchigen Inselrundreise vom 12. bis 15. Mai 1787 in Begleitung des Malers Kniep trat eine völlige Windstille ein, so daß das Schiff von einer starken Strömung erfaßt wurde und gegen einen Felsen abzudriften drohte. Goethe, wie schon auf der Hinfahrt wieder von der Seekrankheit betroffen, will im Chaos und in der Not der Stunde eine beschwörende Rede gehalten haben, die eine Rettung des Schiffes nach biblischem Vorbild zum Gegenstand hatte. Diese eindringlichen Worte und sein charismatisches Auftreten trugen – so nach dem Bericht in der *Italienischen Reise* – letztendlich zur dramatischen Rettung der Schiffsmannschaft und der Passagiere bei. Da sich das Geschehen in der Meerenge von Messina abspielte, befanden sich die Reisenden inmitten des Sagengeschehens über Scylla und Charybdis. Beim Versuch, dem einen Meeresungeheuer zu entkommen – sechs Gefährten des Odysseus wurden von ihm verschlungen –, kamen die Abenteurer schließlich dem anderen zu nahe. Mit diesem Gleichnis beschrieb Goethe die Gefahr, in die das Schiff geraten war: mangelhafte nautische Kenntnisse und Fähigkeiten der französischen Schiffsleitung auf der einen, gefahrdrohende Windstille und unberechenbare Strömungen auf der anderen Seite. Und ein Drittes kam hinzu: Das Schiff trug eine weiße Flagge, wodurch signalisiert wurde, daß es sich durch Tributzahlungen an die muslimischen Korsaren des Mittelmeers vor deren Übergriffen freigekauft hatte. Das erklärt, warum viele Reisende sich für dieses Schiff entschieden, ohne weitere Nachfrage in Hinsicht auf Kapitän oder Steuermann zu stellen. Diese Seeräuber oder Korsaren hatten jahrhundertelang in Tunis und Tripolis, vor allem aber in Algier ihre Hauptstützpunkte, von wo aus sie einen asymmetrischen, erbitterten Kleinkrieg gegen die Handelsschiffe der christlichen Mittelmeermächte führten. Formal unter osmanischer Oberherrschaft, de facto unabhängig, regierten in den sogenannten Barbareskenstaaten als Statthalter des Sultans einzelne Deys, die Sklaverei betrieben und sich Hunderte von Jahren gegen christliche Angriffe zur Wehr setzten, so 1541 gegen Truppen Kaiser Karls V., gegen die Dänen 1770 und dann 1775 gegen eine spanische Entsatzflotte. Jérome Bonaparte gelang es 1805 im Auftrag seines Bruders Napoleon, eine Anzahl von christlichen Gefangenen freizukaufen. Neben der Piraterie, die den Mittelmeerhandel erheblich schädigte, waren besonders die Sklaverei und die Praxis der Lösegelderpressungen gefürchtet. Es ist also nicht abwegig, sich vorzustellen, daß Goethe und Kniep als Christen hätten in muslimische Gefangenschaft geraten und als Sklaven verkauft werden können. Die von Goethe beschriebene Angst der Mitreisenden auf dem französischen Schiff findet in diesem historischen Hintergrund seine aktuelle Erklärung; die letzten Seekämpfe vor Algier waren zur Zeit der Sizilienreise gerade einmal zwölf Jahre her. Das Problem der Sklaverei war Goethe selbstverständlich bekannt. Bereits in Palermo war er auf den ansonsten skurrilen Prinzen Palagonia gestoßen, der „von Zeit zu Zeit durch die Stadt geht und für die in der Barbarei gefangenen Sklaven ein Lösegeld zusammen heischt", berichtet der Reisende. Bei der Besichtigung der antiken Stadt Girgenti kam der ortskundige, einheimische Führer natürlich auch auf den „Haß auf die Franzosen" zu sprechen, „weil sie mit den Barbaresken Frieden haben, und man ihnen Schuld gibt, sie verrieten die Christen an die Ungläubigen".[40]

Auch der Großangriff einer christlichen Flotte von englischen und niederländischen Kriegsschiffen auf Algier am 27. August 1816 brach die Macht des Deys nicht, obwohl christliche Gefangene freigelassen und bereits bezahlte Lösegelder zurückgegeben werden mußten. Die Piraterie der Korsaren im Mittelmeer fand erst mit der Seeschlacht vor Navarino am 28. Oktober 1827 ihr Ende; die vereinigte englisch-russisch-französische Flotte schlug die türkisch-ägyptische, wobei auch die Korsarenschiffe untergingen. Kurios ist der Umstand, daß aus dem Erz von damals erbeuteten „muslimischen" Kanonen, die der Bayernkönig Ludwig I. später in seinen Besitz gebracht hatte, das Weimarer Goethe- und Schiller-Denkmal 1857 gegossen wurde. 1827 begann eine dreijährige französische Belagerung Algiers, die mit der Einnahme der Stadt am 5. Juli 1830 endete. Goethe hat diese historischen Ereignisse in Nordafrika zumindest am Rande zur Kenntnis genommen. 1811 sah er das Ballett *Die Spanier in Algier* und 1819 das Bühnenstück *Die Italienerin in Algier*; das abenteuerliche Sujet war bühnenträchtig. Am 16. Juli 1830 hielt Goethe im Tagebuch fest: „Die Einnahme von Algier hatte sich bestätigt."[41]

Leda und Jupiter als Schwan
Radierung nach einer Zeichnung von Giulio Romano, 1776

KÄUFLICHE LIEBE UND EHE
in Rom 1787 und 1788

Von interessanten Männern hab ich manchen, von Weibern außer Angelika nur eine kennengelernt. Mit dem schönen Geschlechte kann man sich hier, wie überall, nicht ohne Zeitverlust einlassen. Die Mädgen oder vielmehr die jungen Frauen, die als Modelle sich bei den Malern einfinden, sind allerliebst mitunter und gefällig sich beschauen und genießen zu lassen. Es wäre auf diese Weise eine sehr bequeme Lust, wenn die französischen Einflüsse nicht auch dieses Paradies unsicher machten. Ich bringe das Porträt von so einem Geschöpfe mit, man kann nichts Zierlichers sehn.

Goethe an Herzog Carl August, 3. Februar 1787[42]

Das Glück bei Frauen, das Ihnen niemals gefehlt hat, wird Sie auch in Holland nicht verlassen und Sie dafür schadlos halten, daß Sie die schöne Emilie in Ihrem Hause versäumt haben. Mich hat der süße kleine Gott in einen bösen Weltwinkel relegiert. Die öffentlichen Mädchen der Lust sind unsicher wie überall. Die Zitellen (unverheuratete Mädchen) sind keuscher als irgendwo, sie lassen sich nicht anrühren und fragen gleich, wenn man artig mit ihnen tut: e che concluderemo? Denn entweder man soll sie heuraten oder sie verheuraten und wenn sie einen Mann haben, dann ist die Messe gesungen. Ja man kann fast sagen, daß alle verheuratete Weiber dem zu Gebote stehn, der die Familie erhalten will. Das sind denn alles böse Bedingungen und zu naschen ist nur bei denen, die so unsicher sind als öffentliche Kreaturen. Was das Herz betrifft; so gehört es gar nicht in die Terminologie der hiesigen Liebeskanzlei.

Nach diesem Beitrag zur statistischen Kenntnis des Landes werden Sie urteilen, wie knapp unsre Zustände sein müssen und werden ein sonderbar Phänomen begreifen, das ich nirgends so stark als hier gesehen habe, es ist die Liebe der Männer untereinander. Vorausgesetzt, daß sie selten bis zum höchsten Grad der Sinnlichkeit getrieben wird,

sondern sich in den mittlern Regionen der Neigung und Leidenschaft verweilt; so kann ich sagen, daß ich die schönsten Erscheinungen davon, welche wir nur aus griechischen Überlieferungen haben (s. Herders Ideen III. Band, pag. 171) hier mit eignen Augen sehen und als ein aufmerksamer Naturforscher, das phisische und moralische davon beobachten konnte. Es ist eine Materie, von der sich kaum reden, geschweige schreiben läßt, sie sei also zu künftigen Unterhaltungen aufgespart.
Goethe an Herzog Carl August, 29. Dezember 1787[43]

Ich war gutmütig genug, bei Lesung Ihres Briefs, den mir der Kurier brachte, an Hämorroiden zu denken und sehe nun freilich, daß die Nachbarschaft gelitten hat. Wenn nur durch diese verdrüßliche Inokulation alles Böse auf einmal aus dem Körper getrieben worden ist. Ich werde nicht verfehlen, mit dem geheimnisvollen Sigillo (...) den bösen Geistern zu trutzen. Sie schreiben so überzeugend, daß man ein cervello tosto sein müßte, um nicht in den süßen Blumengarten gelockt zu werden. Es scheint, daß Ihre gute Gedanken unterm 22. Jan(uar) unmittelbar nach Rom gewürkt haben, denn ich könnte schon von einigen anmutigen Spaziergängen erzählen. Soviel ist gewiß und haben Sie, als ein Doctor longe experientissimus vollkommen recht, daß eine dergleichen mäßige Bewegung, das Gemüt erfrischt und den Körper in ein köstliches Gleichgewicht bringt. Wie ich solches in meinem Leben mehr als einmal erfahren, dagegen auch die Unbequemlichkeit gespürt habe, wenn ich mich von dem breiten Wege, auf dem engen Pfad der Enthaltsamkeit und Sicherheit einleiten wollte.
Goethe an Herzog Carl August, 16. Februar 1788[44]

Die römischen Osterien sind zur Zeit von Goethes Aufenthalt der Mittelpunkt des lebendigen Volkslebens gewesen. Hier trafen sich Freunde, wurden Geschäfte besprochen, hier wurde getrunken, gesungen und getanzt, wurden Dirnen „gekauft“, hier blitzten auch die Messer, und es war nicht ungewöhnlich, wenn einer der Beteiligten in seinem Blut liegenblieb. Goethe war ein eifriger Gast in den römischen

Kneipen; gegenüber dem Maler Johann Carl Wilhelm Zahn äußerte er 1827, er habe jede „Winkelschenke" Roms gekannt, und sei nicht nur des guten Weines wegen darin verkehrt.[45]

Quellen zu diesem Aspekt des römischen Aufenthalts Goethes sind kaum überliefert, weil der Romreisende selbst Sorge trug, dergleichen Schriften oder Gespräche nicht der Öffentlichkeit oder der Nachwelt zu überliefern. In seiner fesselnden Studie *Das Inkognito. Goethes ganz andere Existenz in Rom* hat Roberto Zapperi nachgewiesen, daß der deutsche Dichter zunächst der Wirtstochter Costanza Roesler erfolgreich den Hof machte. Der Vater, Vinzenz Roesler, führte eine bei den Deutschen beliebte Osteria in der Via Condotti, nahe dem Spanischen Platz. Goethe selbst hatte aber eine falsche Spur gelegt, indem er gegenüber Zahn behauptete, es sei die Osteria alla Campana gewesen, nahe dem Theater des Marzellus, wo sich jene Szene mit dem Rendesvous abgespielt haben soll, die er dann in den *Römischen Elegien* beschrieb. Des Dichters Neigung für die kokette Costanza blieb nicht unbemerkt und nicht unerwidert, was zur Folge hatte, daß der fürsorgliche Vater Vinzenz seine älteste Tochter baldmöglichst unter die Haube zu bringen suchte, um ihre Ehre nicht zu gefährden; Goethe wollte erkennbar „naschen", nicht heiraten. Das war damals in Rom auch für den Werber nicht ungefährlich: Ehe oder Galeere lautete eine damalige Faustregel. Costanza wurde im Sommer 1787 mit einem Kellner verheiratet; 1799 hatte das Paar bereits sechs Kinder.

Eine weitere „Affäre" machte Zapperi bei der „schönen Mailänderin" Maddalena Riggi aus, die Goethe im Oktober 1787 in Castelgandolfo kennenlernte. Die 1765 geborene Maddalena verlor früh ihre Eltern, so daß ihr Bruder über den weiteren Lebensweg des Mädchens wachte. Vorsichtige Werbungen Goethes hatten ähnliche Konsequenzen wie bei Costanza; im Sommer 1788 wurde die „schöne Mailänderin" mit einem Sohn des bekannten Kupferstechers Giovanni

Volpato verheiratet. Der Ehe entsprossen 9 Kinder; von Liebe war auch in dieser Zweckehe nie die Rede gewesen. Goethe jedoch suchte eine Partnerin, der er sich in freier Liebe verbinden konnte und die treu war, was Sicherheit versprach. In Freudenhäusern zu verkehren war deswegen seine Sache nicht; hier vor allem drohten die Gefahren der französischen Krankheit. In der *XVIII. Elegie* kam Goethe darauf zu sprechen:

Eines ist mir verdrießlich vor allen Dingen, ein andres
Bleibt mir abscheulich, empört jegliche Faser in mir;
Nur der bloße Gedanke. Ich will es euch, Freunde, gestehen:
Gar verdrießlich ist mir einsam das Lager zur Nacht.
Aber ganz abscheulich ist's, auf dem Wege der Liebe
Schlangen zu fürchten, und Gift unter den Rosen der Lust,
Wenn im schönsten Moment der hin sich gebenden Freude
Deinem sinkenden Haupt lispelnde Sorge sich naht.
Darum macht Faustine mein Glück; sie teilet das Lager
Gerne mit mir, und bewahrt Treue dem Treuen genau.
Reizendes Hindernis will die rasche Jugend; ich liebe,
Mich des versicherten Guts lange bequem zu erfreun.
Welche Seligkeit ist's! wir wechseln sichere Küsse,
Atem und Leben getrost saugen und flößen wir ein.
So erfreuen wir uns der langen Nächte, wir lauschen
Busen an Busen gedrängt, Stürmen und Regen und Guß.
Und so dämmert der Morgen heran; es bringen die Stunden
Neue Blumen herbei, schmücken uns festlich den Tag.
Gönnt mir, o Quiriten! Das Glück, und jedem gewähre
Aller Götter der Welt erstes und letztes der Gott![46]

Hier taucht sie auf, jene ominöse Faustina, deren Existenz zahllose Germanisten und Biografen vergeblich zu beweisen suchten – umsonst! Denn auch sie war ein Köder, ausgelegt von Goethe selbst, der sein Privatestes zu verbergen nicht nachließ. Auch Roberto Zapperi schaffte es nicht, die Identität der Liebsten des Dichters zu enthüllen, aber ihre schemenhaften Umrisse aus dem Dunkel der Geschichte herauszuarbeiten, das gelang ihm in aufwendiger Recherche.

Die *Römischen Elegien* entstanden 1788 bis 1790; erst 1794 wagte der Dichter die Veröffentlichung. Schiller war es, der den Freund dazu überredete und mit seiner Zeitschrift *Die Horen* auch das literarische Podium dazu stellte. Nach dem Erscheinen des entsprechenden Heftes Anfang Juli 1795 setzte erwartungsgemäß der Skandal ein, der eigentlich bis zu Goethes Ableben nicht mehr endete. Carl August, der einzige Vertraute Goethes in Sexualfragen, murrte über einige „zu rüstige Gedanken" darin, die man besser unterdrückt hätte, und Herder wollte in den *Elegien* eine „bordellhafte Nacktheit" erkennen; die *Horen* müßten nunmehr mit „u" geschrieben werden.

Sexualität war zu Goethes Lebzeiten noch weitgehend ein Tabu. Er mußte sich schützen, vor allem vor Geschlechtskrankheiten, und er mußte die Freundin schützen, denn die römischen Vikargerichte wachten mit grimmigen Eifer über die öffentliche Moral; jederzeit konnte eine Denunziation gefährliche Entwicklungen heraufbeschwören.

Indizien für die reale Existenz jener römischen Geliebten tauchen in Goethes Ausgabenbüchern auf; Zapperi hat das Material gründlich gesichtet und interpretiert. Und er stieß in den wenigen überlieferten römischen Papieren Goethes schließlich auf einen hochspannenden Brief in italienischer Sprache, der bislang kaum Beachtung fand. Er lautet in Zapperis Übersetzung: „Ich möchte wissen, warum Ihr gestern abend so fortgegangen seid, ohne mir etwas zu sagen. Ich fürchte, Ihr seid zornig mit mir, aber ich hoffe nicht. Ich bin ganz für Sie. Liebt mich, wenn Ihr könnt, so, wie ich Sie liebe. Ich hoffe, eine gute Antwort von Ihnen zu haben, die, ich hoffe, nicht so ist, wie ich gedacht habe. Adieu. Adieu."[47]

Die Schreiberin ist orthografisch unsicher, die Formulierungen wirken ungelenk, und der Text hat zahlreiche grammatische Fehler – aber das Gefühl, das aus den Zeilen spricht, ist echt. Ein einfaches Mädchen aus dem Volk, nur elementar gebildet, ehrfürchtig vor dem Geliebten, den sie nicht mit „du“ anzusprechen wagt, steht vor uns. Auch daß der Adressat Tischbein ist, gehörte zu Goethes Verwirrspiel: Es hing mit seinem geheimen Postregime in Rom zusammen. Und aus Tischbeins Biografie wissen wir von der Scheu, die der Maler vor Frauen hatte; nie wäre ein solcher Liebesbrief an ihn gerichtet worden. Goethes freies Liebesleben in Rom war die Vorwegnahme des späteren Lebens mit Christiane in Weimar.

Goethe muß das römische Mädchen oder die Frau sehr geliebt haben. Er stattete sie mit mehreren großzügigen Summen aus, um ihre Existenz abzusichern. Dennoch fiel ihm der Abschied aus der „Ewigen Stadt“ unendlich schwer; er habe oft geweint. Sie, die heute noch Unbekannte, hatte daran ihren Anteil. Bedenkt man die Situation der letzten Tage in Rom vor der Abreise, bekommen die ansonsten etwas mystischen Worte einen neuen, anderen Sinn, die Goethe, in sentimentaler Stimmung, am 9. Oktober 1828 gegenüber Eckermann äußerte: „Ja, ich kann sagen, daß ich nur in Rom empfunden habe, was eigentlich ein Mensch sei. – Zu dieser Höhe, zu diesem Glück der Empfindung bin ich später nie wieder gekommen; ich bin, mit meinem Zustande in Rom verglichen, eigentlich nachher nie wieder froh geworden.“[48]

Diese Feststellung ist vor dem Hintergrund von Goethes späterer Ehe, geschlossen nach 18jähriger Lebensgemeinschaft mit Christiane, zumindest irritierend. Die Institution „Ehe“ war Goethe aber heilig. Er heiratete am 19. Oktober 1806, nach den Wirren der Schlachten von Jena und Auerstedt und der französischen Plünderung Weimars. Schon vorher sah er sich verheiratet, nur nicht mit Zeremonie.

Goethes hohe Auffassung von Ehe hat er wohl am deutlichsten und rigorosesten in seinem Roman *Die Wahlverwandtschaften* formuliert. Auch die Tatsache, daß die entsprechenden Passagen der ironischen Figur Mittler in den Mund gelegt werden, relativiert das Gesagte nicht: „Die Ehe ist der Anfang und der Gipfel aller Kultur. Sie macht den Rohen mild, und der Gebildete hat keine bessere Gelegenheit, seine Milde zu beweisen. Unauflöslich muß sie sein; denn sie bringt so vieles Glück, daß alles einzelne Unglück dagegen gar nicht zu rechnen ist.“

Feldlager
Radierung von Christian Friedrich Kühnel, 1777

AUGENZEUGE
DER KANONADE VON VALMY
am 20. September 1792

... schon dämmerte der Tag und mit demselben strich ein Sprühregen daher; es war schon völlig hell, als wir uns in Bewegung setzten. Da des Herzogs von Weimar Regiment den Vortrab hatte, gab man der Leib-Schwadron als der vordersten der ganzen Kolonne Husaren mit, die den Weg unserer Bestimmung kennen sollten. Nun ging es, mitunter im scharfen Trab, über Felder und Hügel ohne Busch und Baum; nur in der Entfernung links sah man die Argonner Waldgegend; der Sprühregen schlug uns heftiger ins Gesicht; bald aber erblickten wir eine Pappelallee, die sehr schön gewachsen und wohl unterhalten unsere Richtung quer durchschnitt. Es war die Chaussee von Chalons auf Sainte Menehould, der Weg von Paris nach Deutschland; man führte uns drüber weg und in's Graue hinein.

Schon früher hatten wir den Feind vor der waldichten Gegend gelagert und aufmarschiert gesehen, nicht weniger ließ sich bemerken, daß neue Truppen ankamen; es war Kellermann, der sich soeben mit Dumouriez vereinigte, um dessen linken Flügel zu bilden. Die Unsrigen brannten vor Begierde, auf die Franzosen loszugehen, Offiziere wie Gemeine hegten den glühenden Wunsch, der Feldherr möge in diesem Augenblicke angreifen; auch unser heftiges Vordringen schien darauf hinzudeuten. Aber Kellermann hatte sich zu vorteilhaft gestellt, und nun begann die Kanonade, von der man viel erzählt, deren augenblickliche Gewaltsamkeit jedoch man nicht beschreiben, nicht einmal in der Einbildungskraft zurückrufen kann.

Schon lag die Chaussee weit hinter uns, wir stürmten immerfort gegen Westen zu, als auf einmal ein Adjudant gesprengt kam, der uns zurückbeorderte, man hatte uns zu weit geführt, und nun erhielten wir den Befehl, wieder über die Chaussee zurückzukehren und unmittelbar an ihre linke Seite den rechten Flügel zu lehnen. Es geschah, und so machten wir Fronte gegen das Vorwerk La Lune, welches auf der

Höhe etwa eine Viertelstunde vor uns an der Chaussee zu sehen war. Unser Befehlshaber kam uns entgegen; er hatte soeben eine halbe reitende Batterie hinaufgebracht, wir erhielten Ordre, im Schutz derselben vorwärts zugehn, und fanden unterwegs einen alten Schirrmeister, ausgestreckt, als das erste Opfer des Tags, auf dem Acker liegen. Wir ritten ganz getrost weiter, wir sahen das Vorwerk näher, die dabei aufgestellte Batterie feuerte tüchtig.

Bald aber fanden wir uns in einer seltsamen Lage, Kanonenkugeln flogen wild auf uns ein, ohne daß wir begriffen, wo sie herkommen konnten; wir avancierten ja hinter einer befreundeten Batterie, und das feindliche Geschütz auf den entgegengesetzten Hügeln war viel zu weit entfernt, als daß es uns hätte erreichen sollen. Ich hielt seitwärts vor der Fronte, und hatte den wunderbarsten Anblick; die Kugeln schlugen dutzendweise vor der Eskadron nieder, zum Glück nicht rikochetierend, in den weichen Boden hineingewühlt; Kot aber und Schmutz bespritzte Mann und Roß; die schwarzen Pferde, von tüchtigen Reitern möglichst zusammengehalten, schnauften und tosten; die ganze Masse war, ohne sich zu trennen oder zu verwirren, in flutender Bewegung.

(…) Nachdem wir uns denn aus dem unbegreiflichen Feuer zurückgezogen, von Überraschung und Erstaunen uns erholt hatten, löste sich das Rätsel; wir fanden die halbe Batterie, unter deren Schutz wir vorwärts zu gehen geglaubt, ganz unten in einer Vertiefung, dergleichen das Terrain zufällig in dieser Gegend gar manche bildete. Sie war von oben vertrieben worden, und an der anderen Seite der Chaussee in einer Schlucht heruntergegangen, so daß wir ihren Rückzug nicht bemerken konnten, feindliches Geschütz trat an die Stelle, und was uns hätte bewahren sollen, wäre beinahe verderblich geworden. Auf unseren Tadel lachten die Bursche nur und versicherten scherzend: hier unten im Schauer sei es doch besser. (…)

Indessen dauerte die Kanonade immer fort: Kellermann hatte einen gefährlichen Posten bei der Mühle von Valmy, dem eigentlich das Feuern galt; dort ging ein Pulverwagen in die Luft, und man freute sich des Unheils, das er unter den Feinden angerichtet haben mochte. Und so blieb alles eigentlich nur Zuschauer und Zuhörer, was im Feuer stand und nicht. Wir hielten auf der Chaussee von Chalons an einem Wegweiser, der nach Paris deutete.

(...) Alles dieses ging unter anhaltender Begleitung des Kanonendonners vor. Von jeder Seite wurden an diesem Tage zehntausend Schüsse verschwendet, wobei auf unserer Seite nur zwölfhundert Mann, und auch diese ganz unnütz, fielen. Von der ungeheuren Erschütterung klärte sich der Himmel auf: denn man schoß mit Kanonen völlig, als wär'es Pelotonfeuer, zwar ungleich, bald abnehmend, bald zunehmend. Nachmittags ein Uhr, nach einiger Pause, war es am gewaltsamsten, die Erde bebte im ganz eigentlichsten Sinne, und doch sah man in den Stellungen nicht die mindeste Veränderung. (...)

So war der Tag hingegangen; unbeweglich standen die Franzosen, Kellermann hatte auch einen bequemern Platz genommen; unsere Leute zog man aus dem Feuer zurück, und es war eben, als wenn nichts gewesen wäre. Die größte Bestürzung verbreitete sich über die Armee. Noch am Morgen hatte man nicht anders gedacht, als die sämtlichen Franzosen anzuspießen und aufzuspeisen, ja mich selbst hatte das unbedingte Vertrauen auf ein solches Herr, auf den Herzog von Braunschweig, zur Teilnahme an dieser gefährlichen Expedition gelockt; nun aber ging jeder vor sich hin, man sah sich nicht an, oder wenn es geschah, so war es um zu fluchen oder zu verwünschen. Wir hatten, eben als es Nacht werden wollte, zufällig einen Kreis geschlossen, in dessen Mitte nicht einmal wie gewöhnlich ein Feuer konnte angezündet werden, die meisten schwiegen, einige sprachen, und es fehlte doch eigentlich einem jeden Besinnung und Urteil. Endlich rief man mich auf, was ich dazu denke, denn ich hatte die Schar gewöhnlich mit kurzen Sprüchen erheitert und erquickt; diesmal sagte ich: „Von hier und heute geht eine neue Epoche der Weltgeschichte aus, und ihr könnt sagen, ihr seid dabei gewesen."

Johann Wolfgang von Goethe, *Campagne in Frankreich*[49]

Die Kanonade von Valmy am 20. September 1792 war eine nicht durchgefochtene Schlacht zwischen den preußisch-hessischen Truppen der 1. Koalition und der französischen Revolutionsarmee. Die militärische Zuspitzung an Frankreichs Ostgrenze führte zur Radikalisierung der Situation in Paris: Am 10. August erfolgte der Sturm auf die Tuilerien, in dessen Folge König Ludwig XVI. in die Gefangenschaft der radikalen Revolutionäre um Robespierre geriet. 36.000 Mann unter dem Oberbefehl des preußischen Generalfeldmarschalls Carl Wilhelm Ferdinand von Braunschweig, dem Bruder der Weimarer Herzoginmutter Anna Amalia, überschritten die Grenze und drangen, allerdings sehr langsam, gen Westen vor, weil das Verpflegungssystem der Koalitionsarmee versagte. Trotz Hunger, Kälte und Nässe, zudem von der Ruhr geplagt, konnten die Festungen Longwy und Verdun belagert und eingenommen werden.

Die französischen Generäle Charles-Francois Dumouriez und François-Christophe Kellermann befehligten rund 50.000 Mann, als sie am 19. September eine feste Stellung bei dem Dörfchen Valmy bezogen. Die Revolutionsarmee, durch viele Freiwillige verstärkt, war deshalb kaum kampferprobt, verfügte aber über eine hochprofessionelle, moderne Artillerie, die der preußischen überlegen war. Der Herzog von Braunschweig gebot am 20. September über 35.000 Mann. Die Reiterei unter dem Befehl des weimarischen Herzogs Carl August verblieb während des ganzen Kampfes außerhalb der Reichweite der Geschütze, als sich im Verlauf des Vormittags ein heftiges Artillerieduell entfaltete. Am frühen Nachmittag, nachdem die Sicht besser geworden war, befahl der preußische Heerführer seiner Infanterie, frontal in linearer Gefechtsformation und mit klingendem Spiel die französischen Truppen anzugreifen. Nach einigen hundert Schritten wurde der Angriff gestoppt, um die Bataillonsgeschütze vorzuziehen. Ein kurzes Wanken der französischen Linien, auch durch die Explosion mehrerer Munitionswagen hervorgerufen, beseitigte Kellermann durch eine kurze, mitreißende patriotische Rede an seine Soldaten.

In dieser Pattsituation zögerte Braunschweig vier Stunden lang; mit des Preußenkönigs Einwilligung verzichteten die Angreifer jetzt auf die Entscheidungsschlacht und zogen sich zurück. Lähmung und Entsetzen befielen die Truppen, die nur ganz geringe Verluste bis dahin zu beklagen hatten. Angeblich waren 40.000 Kugeln von beiden Seiten verschossen worden, die allerdings im feuchten, durchnäßten Boden wenig Schaden angerichtet hatten, da sie im Boden steckenblieben und nicht querschlugen.

Goethe hatte das Geschehen als Begleiter der Reiterei, die Carl August kommandierte, erlebt und beschrieben. Am Abend des denkwürdigen Tages will er im Kreise der anwesenden Offiziere jenen vielzitierten Satz über den Epochenwechsel gesagt haben. Freilich wurden diese Worte erst 1820 niedergeschrieben, als er seine autobiografische *Campagne in Frankreich* verfaßte. Am 30. September 1792 begann der katastrophale Rückzug der Koalitionsarmee, der auch Goethe in höchste Lebensgefahr brachte, da Epidemien grassierten und kaum noch Lebensmittel aufzutreiben waren.

Goethe faßte das Geschehen im Brief vom 16. Oktober 1792 an das Ehepaar Herder rückblickend aus Luxemburg wie folgt drastisch zusammen: „Ich eile nach meinen mütterlichen Fleischtöpfen, um dort wie von einem bösen Traum zu erwachen, der mich zwischen Not und Kot, Mangel und Sorge, Gefahr und Qual, zwischen Trümmern, Leichen, Äsern und Scheißhaufen gefangen hielt.“[50]

In Paris dagegen ereignete sich Weltgeschichte: Einen Tag nach der Kanonade von Valmy wurde der französische König abgesetzt und die Republik proklamiert. Goethe kam wegen der folgenden Kriegsentwicklung nicht zu seinen „mütterlichen Fleischtöpfen“, sondern er mußte weit nach Norden ausweichen, um nach Weimar zurückkehren zu können.

Kanonade in der Schlacht bei Jena am 14. Oktober 1806
Kupferstich von Jacob Roux, Ausschnitt, 1806

„KANONENFIEBER“ AM VORWERK LA LUNE

am 20. September 1792

Ich hatte so viel vom Kanonenfieber gehört und wünschte zu wissen, wie es eigentlich damit beschaffen sei. Lange Weile und ein Geist, den jede Gefahr zur Kühnheit, ja zur Verwegenheit aufruft, verleitete mich, ganz gelassen nach dem Vorwerk La Lune hinaufzureiten. Dieses war wieder von den Unsrigen besetzt, gewährte jedoch einen gar wilden Anblick. Die zerschossenen Dächer, die herumgestreuten Weizenbündel, die darauf hie und da ausgestreckten tödlich Verwundeten und dazwischen noch manchmal eine Kanonenkugel, die sich herüberverirrend in den Überresten der Ziegeldächer klapperte.

Ganz allen, mir selbst gelassen, ritt ich links auf den Höhen weg und konnte deutlich die glückliche Stellung der Franzosen überschauen; sie standen amphitheatralisch in größter Ruh und Sicherheit, Kellermann jedoch auf dem linken Flügel eher zu erreichen. Mir begegnete gute Gesellschaft, es waren bekannte Offiziere vom Generalstabe und vom Regimente, höchst verwundert, mich hier zu finden. Sie wollten mich wieder mit sich zurücknehmen, ich sprach ihnen aber von besondern Absichten und sie überließen mich ohne weiteres meinem bekannten wunderlichen Eigensinn.

Ich war nun vollkommen in die Region gelangt, wo die Kugeln herüberspielten; der Ton ist wundersam genug, als wär' er zusammengesetzt aus dem Brummen des Kreisels, dem Butteln des Wassers und dem Pfeifen eines Vogels. Sie waren weniger gefährlich wegen des feuchten Erdbodens; wo eine hinschlug, blieb sie stecken, und so ward mein törichter Versuchsritt wenigstens vor der Gefahr des Rikochettierens gesichert.

Unter diesen Umständen konnt' ich jedoch bald bemerken, daß etwas Ungewöhnliches in mir vorgehe; ich achtete genau darauf und doch würde sich die Empfindung nur gleichnisweise mitteilen lassen. Es schien, als wäre man an einem sehr heißen Orte, und zugleich von derselben Hitze völlig durchdrungen, so daß man sich mit demselben Element , in welchem man sich befindet, vollkommen gleich fühlt. Die Augen verlieren nichts an ihrer Stärke, noch Deutlichkeit: aber es ist doch, als wenn die Welt einen gewissen braunrötlichen Ton hätte, der den Zustand sowie die Gegenstände noch apprehensiver macht. Von Bewegung des Blutes habe ich nichts bemerken können, sondern mir schien vielmehr alles in jener Glut verschlungen zu sein. Hieraus erhellet nun, in welchem Sinne man diesen Zustand ein Fieber nennen könne. Bemerkenswert bleibt es indessen, daß jenes gräßlich Bängliche nur durch die Ohren zu uns gebracht wird; denn der Kanonendonner, das Heulen, Pfeifen, Schmettern der Kugeln durch die Luft ist doch eigentlich Ursache an diesen Empfindungen.

Als ich zurückgeritten und völlig in Sicherheit war, fand ich bemerkenswert, daß alle jene Glut sogleich erloschen und nicht das Mindeste von einer fieberhaften Bewegung übrig geblieben sei. Es gehört übrigens dieser Zustand unter die am wenigsten wünschenswerten; wie ich denn auch unter meinen lieben und edlen Kriegskameraden kaum einen gefunden habe, der einen eigentlich leidenschaftlichen Trieb hiernach geäußert hätte.

Johann Wolfgang von Goethe, *Campagne in Frankreich*[51]

Langeweile, wunderlicher Eigensinn und törichtes Verhalten führte Goethe in seiner autobiografischen Schrift *Campagne in Frankreich* an, um den irrwitzigen Ritt auf das umkämpfte Schlachtfeld zu rechtfertigen, wo die Kugeln der französischen Artillerie einschlugen. Diese Alibi-Gründe reichen aber nicht aus, um sein mehr als leichtsinniges, ja selbstmörderisches Verhalten glaubhaft zu begründen bzw. zu erklären. Es wäre ein letztlich sinnloser Tod gewesen, wenn Goethe eine verirrte Kugel getroffen und getötet hätte. Die von ihm angeführte leichte Verringerung der akuten Lebensgefahr durch den nassen Boden, wodurch die Kugeln zumindest nicht rikochettierten, sondern stecken blieben, ändert an dieser Einschätzung der Situation gar nichts. Goethes zurückbleibende „unheilige Familie", das bedarf keiner Spekulation, wäre im Falle seines Todes in eine soziale Katastrophe gestürzt, eine Gefahr, die auch der Herzog und die Freunde nicht hätten in Gänze kompensieren können. Letztlich war es vermutlich wieder Goethes innere Überzeugung und Gewißheit, daß ihm, dem Liebling der Götter, kein Unglück zustoßen könne, solange dieser überirdische Schutzschild bestehe. Vielleicht war dieser Ritt selbst eine jener Prüfungen, denen sich Goethe bewußt aussetzte, um das Weiterbestehen dieser göttlichen Gnade abzuprüfen.

Jahre später, 1812, schrieb er tröstend an den Berliner Freund Carl Friedrich Zelter, dessen Stiefsohn gerade sein Leben durch Selbstmord geendigt hatte: „Wenn das taedium vitae den Menschen ergreift, so ist er nur zu bedauern, nicht zu schelten." Der selbstmörderische Ritt am 20. September 1792, um dem Phänomen des Kanonenfiebers auf den Grund zu kommen, entsprang jedenfalls weder einer vordergründigen Wißbegier nach den Ursachen noch einem Gefühl des Lebensüberdrusses; das hatte Goethe, wie er im Brief vom 3. Dezember fortsetzte, bereits beim Verfassen seines *Werther*-Romans, Jahrzehnte vorher, gespürt und schließlich überwunden; er sei damals den Wellen des Todes entkommen, „sowie ich mich aus manchem spätern Schiffbruch auch mühsam rettete und mühselig erholte".[52]

GOETHE'S
WERKE.
XXV BAND
Original-Ausgabe.
Wien und Stuttgart 1822.

Goethe verteidigt einen Clubbisten vor dem aufgebrachten Volk
Titelkupfer von Band XXV der Wiener Werkausgabe, 1822

LYNCHJUSTIZ AN DEN „CLUBBISTEN“

beim Auszug aus Mainz am 25. Juli 1793

Als ich zurückfuhr, rief mich ein Mann mittleren Alters an und bat mich, seinen Knaben von ungefähr acht Jahren, den er an der Hand mit fortschleppte, zu mir zu nehmen. Er war ein ausgewanderter Mainzer, welcher mit großer Hast und Lust seinen bisherigen Aufenthalt verlassend herbeilief, den Auszug der Feinde triumphierend anzusehen, sodann aber den zurückgelassenen Clubbisten Tod und Verderben zu bringen schwor. Ich redete ihm begütigende Worte zu und stellte ihm vor, daß die Rückkehr in einen friedlichen und häuslichen Zustand nicht mit neuem bürgerlichen Krieg, Haß und Rache müsse verunreinigt werden, weil sich das Unglück ja sonst verewige. (...)

Diese Betrachtungen wurden jedoch durch den wirklichen Auszug unterbrochen und umgestimmt. Auch hier kamen mir und Freunden die Fenster des Chausseehauses zustatten. Den Zug sahen wir in aller seiner Feierlichkeit herankommen. Angeführt durch preußische Reiterei folgte zuerst die französische Garnison. Seltsamer war nichts als wie sich dieser Zug ankündigte; eine Kolonne Marseiller, klein, schwarz, buntscheckig, lumpig gekleidet, trappelten heran, als habe der König Edwin seinen Berg aufgetan und das muntere Zwergenheer ausgesendet. Hierauf folgten regelmäßigere Truppen, ernst und verdrießlich, nicht aber etwa niedergeschlagen oder beschämt. Als die merkwürdigste Erscheinung dagegen mußte jedermann auffallen, wenn die Jäger zu Pferd heraufritten; sie waren ganz still bis gegen uns herangezogen, als ihre Musik den Marseiller Marsch anstimmte. Dieses revolutionäre Tedeum hat ohnehin etwas Trauriges, Ahnungsvolles, wenn es auch noch so mutig vorgetragen wird; diesmal aber nahmen sie das Tempo ganz langsam, dem schleichenden Schritt gemäß, den sie ritten. Es war ergreifend und furchtbar, und ein ernster Anblick, als die Reitenden, lange hagere Männer, von gewissen Jahren, die Miene gleichfalls jenen Tönen gemäß, heranrückten; einzeln hätte man sie dem Don Quichote vergleichen können, in Masse erschienen sie höchst ehrwürdig.

Bemerkenswert war nun ein einzelner Trupp, die französischen Kommissarien. Merlin von Thionville in Husarentracht, durch wilden Bart und Blick sich auszeichnend, hatte eine andere Figur in gleichem Kostume links neben sich; das Volk rief mit Wut den Namen eines Clubbisten und bewegte sich zum Anfall. Merlin hielt an, berief sich auf seine Würde eines französischen Repräsentanten, auf die Rache, die jeder Beleidigung folgen sollte: er wolle raten, sich zu mäßigen, denn es sei das letzte Mal nicht, daß man ihn hier sähe. Die Menge stand betroffen, kein einzelner wagte sich vor. Er hatte einige unserer dastehenden Offiziere angesprochen und sich auf das Wort des Königs berufen, und so wollte niemand weder Angriff noch Verteidigung wagen; der Zug ging unangetastet vorbei.

Den 25. Juli. Am Morgen dieses Tags bemerkt' ich, daß leider abermals keine Anstalten auf der Chaussee und in der Nähe gemacht waren, um Unordnungen zu verhüten. Sie schienen heute umso nötiger, als die armen ausgewanderten, grenzenlos unglücklichen Mainzer, von entfernteren Orten her nunmehr angekommen, scharenweise die Chaussee umlagerten, mit Fluch- und Racheworten das gequälte und geängstigte Herz erleichternd. (...) Einzelne Reisewagen rannten abermals eilig die Straße hin, überall aber hatten sich die Mainzer Bürger in die Chausseegraben gelagert, und wie die Flüchtigen einem Hinterhalt entgingen, fielen sie in die Hände des andern.

Der Wagen ward angehalten, fand man Franzosen oder Französinnen, so ließ man sie entkommen, wohlbekannte Clubbisten keineswegs. Ein sehr schöner dreispänniger Reisewagen rollt daher, eine freundliche junge Dame versäumt nicht, sich am Schlage sehen zu lassen und hüben und drüben zu grüßen; aber dem Postillon fällt man in die Zügel, der Schlag wird eröffnet, ein Erz-Clubbist an ihrer Seite sogleich erkannt. Zu verkennen war er freilich nicht, kurz gebaut, dicklich, breiten Angesichts, blatternarbig. Schon ist er bei den Füßen herausgerissen; man schließt den Schlag und wünscht der Schönheit glückliche Reise. Ihn aber schleppt man auf den nächsten Acker, zerstößt und zerprügelt ihn fürchterlich; alle Glieder seines Leibes sind zerschlagen, sein Gesicht unkenntlich. Eine Wache nimmt sich endlich seiner an, man bringt ihn in ein Bauernhaus, wo er, auf Stroh liegend, zwar vor Tätlichkeiten seiner Stadtfeinde, aber nicht vor Schimpf, Schadenfreude und Schmähungen geschützt war. Doch auch damit ging es am Ende so weit, daß der Offizier niemand mehr hineinließ; auch mich … dringend bat, ich möchte diesem traurigsten und ekelhaftesten aller Schauspiele entsagen.

(…) Indessen war das Volk sehr bewegt, Schimpfreden wurden ausgestoßen, von Drohungen heftig begleitet. Die Weiber tadelten an den Männern, daß man diese Nichtswürdigen so vorbeilasse, die in ihrem Bündelchen gewiß manches von Hab und Gut eines echten Mainzer Bürgers mit sich schleppten, und nur der ernste Schritt des Militärs, die Ordnung durch nebenhergehende Offiziere erhalten, hinderte einen Ausbruch; die leidenschaftliche Bewegung war furchtbar.

Gerade in diesem gefährlichsten Momente erschien ein Zug, der sich gewiß schon weit hinweggewünscht hatte. Ohne sonderliche Bedeckung zeigte sich ein Mann zu Pferde, dessen Uniform nicht gerade einen Militär ankündigte, an seiner Seite ritt in Mannskleidern ein wohlgebautes und sehr schönes Frauenzimmer, hinter ihnen folgten einige vierspännige Wagen mit Kisten und Kasten bepackt; die Stille war ahnungsvoll. Auf einmal rauscht' es im Volke und rief: „Haltet ihn an! schlagt ihn tot! das ist der Spitzbube von Architekten, der erst die Dom-Dechanei geplündert und nachher selbst angezündet hat!" Es kam auf einen einzigen entschlossenen Menschen an, und es war geschehen.

Ohne weiteres zu überlegen, als daß der Burgfriede vor des Herzogs Quartier nicht verletzt werden dürfe, mit dem blitzschnellen Gedanken, was der Fürst und General bei seiner Nachhausekunft sagen würde, wenn er über die Trümmer einer solchen Selbsthülfe kaum seine Tür erreichen könnte, sprang ich hinunter, hinaus und rief mit gebietender Stimme: Halt!

Schon hatte sich das Volk näher herangezogen; zwar den Schlagbaum unterfing sich niemand herabzulassen, der Weg aber selbst war von der Menge versperrt. Ich wiederholte mein Halt! und die vollkommendste Stille trat ein. Ich fuhr darauf stark und heftig sprechend fort: hier sei das Quartier des Herzogs von Weimar, der Platz davor sei heilig; wenn sie Unfug treiben und Rache üben wollten, so fänden sie noch Raum genug. Der König habe freien Auszug gestattet, wenn er hätte diesen bedingen und gewissen Personen ausnehmen wollen, so würde er Aufseher angestellt, die Schuldigen zurückgewiesen oder gefangen genommen haben; davon sei aber nichts bekannt, keine Patrouille zu sehen. Und sie, wer und wie sie hier auch seien, hätten, mitten in der deutschen Armee, keine andere Rolle zu spielen, als ruhige Zuschauer zu bleiben; ihr Unglück und ihr Haß gebe ihnen hier kein Recht, und ich litte ein für allemal an dieser Stelle keine Gewalttätigkeit.

Nun staunte das Volk, war stumm, dann wogt es wieder, brummte, schalt; einzelne wurden heftig, ein paar Männer drangen vor, den Reitenden in die Zügel zu fallen. Sonderbarerweise war einer davon jener Perrückenmacher, den ich gestern schon gewarnt, indem ich ihm Gutes erzeigte. – Wie! rief ich ihm entgegen, habt ihr schon vergessen, was wir gestern zusammen gesprochen? Habt ihr nicht darüber nachgedacht, daß man durch Selbstrache sich schuldig macht, daß man Gott und seinen Oberen die Strafe der Verbrecher überlassen soll, wie man ihnen das Ende dieses Elends zu bewirken auch überlassen mußte, und was ich sonst noch kurz und bündig, aber laut und heftig sprach. Der Mann, der mich gleich erkannte, trat zurück, das Kind schmiegte sich an den Vater und sah freundlich zu mir herüber; schon war das Volk zurückgetreten und hatte den Platz freier gelassen, auch der Weg durch den Schlagbaum war wieder offen. Die beiden Figuren zu Pferde wußten sich kaum zu benehmen. Ich war ziemlich weit in den Platz hereingetreten; der Mann ritt an mich heran und sagte: er wünsche meinen Namen zu wissen, zu wissen, wem er einen so großen Dienst schuldig sei, er werde es zeitlebens nicht vergessen und gern erwidern. Auch das schöne Kind näherte sich mir und sagte das Verbindlichste. Ich antwortete, daß ich nichts als meine Schuldigkeit getan und die Sicherheit und Heiligkeit dieses Platzes behauptet hätte; ich gab einen Wink und sie zogen fort. Die Menge war nun einmal in ihrem Rachesinne irre gemacht, sie blieb stehen; dreißig Schritte davon hätte sie niemand gehindert. So ist's aber in der Welt: wer nur erst über einen Anstoß hinaus ist, kommt über tausend. Chi scampa d'un punto, scampa di mille.

Johann Wolfgang von Goethe, *Belagerung von Mainz*[53]

Zweifellos war Goethe ein mutiger Mann. Sein Verhalten in der hier von ihm beschriebenen hochemotionalen und brandgefährlichen Situation – wenn sich das Geschehen denn wirklich so abgespielt hätte – zeugt von entschlossenem und mutigem Auftreten. Wäre der mordlustige Mob nicht beeindruckt und gewissermaßen paralysiert gewesen, hätte es, ohne weiter zu spekulieren, ein Blutbad geben können, dem auch Goethe selbst möglicherweise hätte zum Opfer fallen können. Goethe begründete seinen kurzgefaßten Entschluß einzugreifen damit, den Ruf und die Autorität des Herzogs von Weimar schützen zu wollen, dessen Quartier nicht durch zügellosen Mord entweiht und durch verbrecherisch vergossenes Blut besudelt werden dürfe. Am Ende seiner Darstellung schob er noch ein persönliches Argument nach: Es läge nun einmal in seiner Natur, „lieber eine Ungerechtigkeit (zu) begehen, als Unordnung zu ertragen“.[54]

Goethe schrieb die autobiografische *Belagerung von Mainz* im Februar 1820 nieder, überarbeitete sie 1822 und ließ sie im gleichen Jahr gemeinsam mit der *Campagne in Frankreich* erscheinen. In diesen Schriften ist natürlich Goethes Gesamt- und Rückschau auf die Französische Revolution eingeflossen, die er grundsätzlich ablehnte und verabscheute. In der Entwicklung der Natur glaubte er eine bruchlose Evolution erkennen zu können, und in der Gesellschaft favorisierte er einen Reformkonservatismus. Der gewaltsame Umsturz in Frankreich ging für ihn einher mit Chaos, Unordnung und zügelloser Gewalt. Schon früh hatte er die Französische Revolution mit ihren Greueln rigoros und erbittert abgelehnt, weil er auch früher als andere ihr Herannahen durch Auflösung gesellschaftlicher Bindungen spürte, etwa in der sogenannten Halsband-Affäre. Die „wohltätigen Folgen“ der Revolution, auch und gerade für Deutschland, so gegenüber Eckermann am 4. Januar 1824 formuliert, begriff er erst später. Eine revolutionäre Massenszene, wie sie Goethe am Ende der Belagerung von Mainz erlebt und beeinflußt haben will, hat es jedenfalls vorher in seinem Leben nicht gegeben und hat er auch später nie wieder erlebt. Äußere Vergleichbarkeiten mit den Szenen bei der Fast-Schiffskatastrophe 1787 bei der Rückreise von Sizilien können hier ausgeklammert bleiben. Persönlicher Mut, verbunden mit dem selbstlosen, nicht ungefährlichen Eintreten für einen Dritten, Unbekannten, löste Bewunderung bei den Augenzeugen des Vorfalls aus, wie das Beispiel Charles Gores beweist.

Vom persönlichen Mut Goethes während der Belagerung weiß noch eine andere Quelle zu berichten: „Meine Batterie“, erinnerte sich Jahre später ein preußischer Offizier, „ward jetzt hinter den Ruinen der schon von uns zerstörten sogenannten Kartause aufgestellt, und so war ich kaum an sechshundert Schritte von den feindlichen Hauptwällen entfernt und befand mich auf einem sehr vorgeschobenen und gefährlichen Posten. (...) Hier in dieser Batterie besuchte mich auch einst, während einer Pause, wo das gegenseitige Feuer schwieg, Goethe.

So sehr ich mich auch sonst über seinen Besuch freute, so bat ich ihn doch, solchen möglichst abzukürzen und mich wieder zu verlassen, da der Ort zu gefährlich für ihn sei. Wie leicht konnte er hier von einer feindlichen Kugel getroffen werden, und welch Gelärme wäre nicht entstanden, wenn es geheißen, ein so berühmter Schriftsteller habe sich aus bloßer Neugierde an einem so gefährlichen Platz begeben und sei dort getötet worden. Wäre ich nicht als Offizier hart getadelt worden, daß ich ihn nicht auf die drohende Gefahr rechtzeitig aufmerksam gemacht hätte? Solche so sehr exponierten Batterien waren nur für uns Artilleristen geeignete Orte. (...) Goethe fügte sich endlich meiner Aufforderung, die Batterie schleunigst zu verlassen, und mochte wohl kaum fünf Minuten entfernt sein, als eine feindliche Bombe gerade auf die Stelle, wo er gestanden hatte, hinfiel und beim

Platzen einige Mann von meinen Leuten tötete oder verwundete. Auch ich selbst ward durch einen Splitter am Arm verwundet.“ [55]

Gustav Seibt hat in seiner brillanten Studie *Goethe in der Revolution* sehr eindrucksvoll nachgewiesen, daß das Geschehen vor dem Chausseehaus von Goethe erzählerisch hochstilisiert wurde und im wahrsten Sinne des Wortes Dichtung darstellt. Bei den vielen Augenzeugen des Geschehens hätte es außer dem Selbstzeugnis in der *Belagerung von Mainz* weitere Quellenberichte über diese Szene geben müssen – das ist jedoch nicht der Fall. Vielmehr hat der Dichter in dem fiktiven Geschehen verallgemeinernd auf das zu allen Zeiten kontrovers diskutierte Thema der Gewalt kommen wollen. Erst habe man Mirabeau-Büsten aufgestellt, dann Freiheitsbäume und Galgen, zuletzt habe bürgerlicher Krieg geherrscht. Goethe sah zu keiner Zeit die historische Berechtigung, die Revolution (die in Frankreich innere Ursachen hatte) nach Deutschlang zu bringen. Das französische Experiment „Mainz“ hat das überzeugend bewiesen.[56]

Goethe persönlich hielt sich sein Leben lang an den Glauben Clärchens im *Egmont*, er verfüge über etwas, was den meisten fehle: „Mut und Verachtung der Gefahr“.[57]

Johann Wolfgang von Goethe
Kreidezeichnung von Friedrich Bury, 1800

ERKRANKUNG AN GESICHTSROSE

in Weimar ab dem 2. Januar 1801

Leider ist Goethe in diesem Augenblick sehr krank, und seine Ärzte sind nicht ohne Furcht eines unglücklichen Ausgangs. Auch wenn er für jetzt der Gefahr entrinnt, so könnte ihm doch eine große Schwäche und kränkliche Disposition übrigbleiben, die seine Tätigkeit hemmen würde. Es ist ein katarrhalisches Fieber mit einem heftigen Rotlauf, welches sich ins linke Auge geworfen, und mit einem schmerzhaften Krampfhusten verbunden. Der Arzt fürchtet, daß die äußere Entzündung ins Gehirn schlagen oder daß ein Steck- oder Schlagfluß dazukommen könnte. Heut ist der sechste Tag …

Schiller an Cotta, 10. Januar 1801[58]

12. Januar. Ich wußte nicht, daß unser ehemaliger Freund Goethe mir noch so teuer wäre, daß eine schwere Krankheit, an der er seit neun Tagen liegt, mich so innig ergreifen würde. Es ist ein Krampfhusten und zugleich die Blatterrose; er kann in kein Bett und muß in einer immer stehenden Stellung erhalten werden, sonst will er ersticken. Der Hals ist verschwollen sowie das Gesicht, und voller Blasen inwendig. Sein linkes Auge ist ihm wie eine große Nuß herausgetreten, und läuft Blut und Materie heraus, oft phantasiert er, man fürchtete vor eine Entzündung im Gehirn, ließ ihm stark zur Ader, gab ihm Senffußbäder; darauf bekam er geschwollene Füße und schien etwas besser. Doch ist diese Nacht der Krampfhusten wiedergekommen; ich fürchte, weil er sich gestern hat rasieren lassen. Entweder meldet Dir mein Brief seine Besserung oder seinen Tod; ehe laß ich ihn nicht abgehen. Die Schillern und ich haben schon viele Tränen die Tage her über ihn vergossen. Sehr leid tut mir's jetzt, daß, als er mich am Neujahr besuchen wollte, ich leider, weil ich an Kopfweh krank lag, absagen ließ. Und nun werde ich ihn vielleicht nicht wiedersehen!

14. Januar (…) Gestern hat er mit großem Appetit Suppe gegessen, die ich ihm geschickt habe. Mit seinem Auge soll es auch besser gehen.

Nur ist er sehr traurig und soll drei Stunden geweint haben. Besonders weint er, wenn er den August sieht. Der hat indessen seine Zufluchjt zu mir genommen. Der arme Junge dauert mich; er war entsetzlich betrübt; aber er ist schon gewohnt, seine Leiden zu vertrinken. Neulich hat er in einem Klub von der Klasse seiner Mutter siebzehn Gläser Champagnerwein getrunken, und ich hatte alle Mühe, ihn bei mir vom Wein abzuhalten.

15. Januar. Goethe schickte heute zu mir, ließ mir danken für meine Teilnahme, und er hoffte, er würde bald wieder ausgehen können. Die Doktors halten ihn außer Gefahr, aber seine Genesung werde noch lange werden.

Charlotte von Stein an ihren Sohn Fritz, 12.-15. Januar 1801[59]

Der Anfang von Goethes Krankheit soll ein Katarrh gewesen sein, den er den 1. Januar im Theater, als Haydns „Schöpfung" gegeben wurde, bekommen hatte und der sich allmählich in eine Geschwulst der Rose mit Fieber und einem Krampfhusten verwandelte. Es stieg damit so schnell, daß er den 5. und 6. Januar nicht mehr im Bett bleiben konnte, um nicht zu ersticken. Er wollte sich nicht zur Aderlaß verstehen, die Huschke, sein Arzt, für notwendig hielt. Den 7. Januar war das linke Auge durch die Geschwulst und Eiterung in Gefahr; auch teilte sich die Geschwulst allen Drüsen des Kopfs und Halses mit. Stark erschien den Nachmittag. Ein sehr starker Aderlaß und darauf ein sehr reizendes Fußbad wurde auf seine Verordnung unternommen: beides rettete ihn. In dieser Nacht und den Morgen kannte er die Menschen nicht mehr. Das rechte Auge, das sonst gut war, wurde jetzt mit ergriffen; er sah durch dieses die Adern des Auges an der Wand rot, so wie ihm alles rötlich vorkam. In dieser Nacht nach der Aderlaß und Fußbad erschien am Fuß eine rotlaufartige Geschwulst, und die am Gesicht verlor sich nach und nach. Es kam eine Art Bräune, die eben auch gefährlich war. Stark, den wir den ersten Tag selbst gesprochen, hielt ihn für ganz tödlich und befürchtete einen Schlag, da Kopf, Gehirn und Brust so sehr befallen war.

Karoline Herder an Knebel, 22. Januar 1801[60]

Der Mediziner Frank Nager hält das lebensbedrohliche Gesichts-Erysipel, das den 52-jährigen Goethe im Januar 1801 befiel, für den Beginn einer jahrelangen Seelenkrise, den tatsächlichen Paukenschlag, mit dem die „midlife crisis" des Dichters eingeläutet wurde. Die Porträts der Zeit verraten einen ungesunden Lebensstil: Goethe ist ein Gourmand, er trinkt zu fast jeder Mahlzeit eine Flasche Wein. Sein Gesichtsausdruck sei abweisend und schwammig geworden, meint Nager, sein Habitus bauchig. Literarische Arbeiten ruhen, einzig den naturwissenschaftlichen Forschungen kann der oft Übelgelaunte etwas abgewinnen. Die Wundrose, die sich Goethe zugezogen hatte, ist heute keine häufige und lebensbedrohliche Krankheit mehr. Das sah 1801 noch anders aus. Die Streptokokkeninfektion führt zunächst zu einem rauhen Hals und breitet sich dann rasch über das Gesicht aus, manchmal bis zum Kehlkopf. Die betroffenen Haut- und Schleimhautpartien entwickeln Bläschen, die mit einer charakteristischen Rotfärbung einhergehen. Hohes Fieber ruft ein Delirium hervor. Lebensbedrohliche Komplikationen sind eine allgemeine Blutvergiftung, das Eindringen des Erregers in andere Körperpartien und in die Schädelhöhle, was eine Gehirnhautentzündung hervorrufen kann.

Bei Goethe setzte die Entzündung womöglich bei den Zähnen und den Mandeln ein, seinen ewigen Schwachpunkten. Die nach einigen Tagen beginnende Entzündung des Schlundes führte zu jenem „Krampfhusten", den der Kranke nur noch stehend aushalten konnte; Erstickungsanfälle lösten Todesängste aus. Johann Christian Starks rabiate Maßnahmen – er war der aus Jena herbeigeeilte herzogliche Leibarzt – führten die allmähliche Wende herbei. Eine monatelange Rekonvaleszenz führte den ins Leben Zurückgekehrten zunächst im Frühjahr in die frische Luft des Gutes Oberroßla, schließlich im Juni, Juli und August zur Kur nach Bad Pyrmont, wohin ihn sein Sohn August begleitete.

Johann Wolfgang von Goethe
Gemälde von Carl Ludwig Kaatz, 1809

NIERENKOLIKEN MIT KRÄMPFEN
in Weimar Anfang 1805 und 1806

Unser teurer G(oethe) ist gar nicht wohl. (…) Es war stark eingeheizt; er ging zu Fuß nach Hause, und es war kalt. Dies brachte ihm Halsweh und Katarrh; hierauf hat sich das Übel nach dem linken Auge gezogen und es inflammiert.
Friedrich Wilhelm Riemer an Carl Friedrich Ernst Frommann, 18. Januar 1805[61]

Diesen Brief wollte ich nicht endigen, bis ich wüßte, daß Goethe, der todkrank ist, außer Gefahr sei; denn bis morgen, hatte Stark geäußert, könnte man's erst wissen.
Charlotte von Stein an ihren Sohn Fritz, 10. Februar 1805[62]

Noch denselbigen Abend kam Stark aus Jena (es war am Freitagabend), der erklärte, wenn Goethe bis Sonntag früh lebte, so sei Hoffnung da …
Johann Heinrich Voß d.J. an Carl Wilhelm Ferdinand Solger, 24. Februar 1805[63]

Goethe ist noch immer sehr bedenklich krank. Die Zufälle, die zwar schnell vorübergehen, wiederholen aber zu oft, um nicht große Sorge um ihn zu haben. Seine Krankheit hält Stark für ein lokal' Übel in den Eingeweiden.
Louise von Göchhausen an Carl August Böttiger, 11. April 1805[64]

Der Geheime Rat hat nun seit einem Vierteljahr fast keine gesunde Stunde gehabt und immer Perioden, wo man denken muß, er stirbt. Denken Sie also mich, ich, die außer Sie und dem Geheimen Rat keinen Freund auf dieser Welt habe, und Sie, lieber Freund, sind wegen der Entfernung für mich doch so gut wie verloren. Sie können sich

denken, wenn so ein unglücklicher Fall käme und ich so ganz allein stünde, wie mir zumute ist. Ich bin wahrhaftig ganz auseinander.
Christiane Vulpius an Nikolaus Meyer, 12. April 1805[65]

Dieser Winter war uns allen unheilbringend (...) Meine Kinder wurden zuerst krank, alsdann Schiller zu meiner Sorge, der mich seit langer Zeit stets wieder an das veränderliche Schicksal mahnt. Zu der Sorge um Schillers Gesundheit kam die Sorge um Goethe, der bedeutende, ängstliche Zufälle hat, und nun ist es auch mir, als habe ich eine Hoffnung des Lebens weniger. Er war mir immer durch seine leichte gemütliche Existenz ein Trost, wenn ich um mich herum alles leiden sah. Aber jetzt ist auch mein Herz um seinetwillen ängstlich.
Charlotte Schiller an Fritz von Stein, 14. April 1805[66]

Goethe wandelt wieder herum, aber sein Übel ist vielleicht unheilbar und kann ihn schnell zum Tode führen, wenn Entzündung dazutritt.
Charlotte von Stein an ihren Sohn Fritz, 18. April 1805[67]

Goethe war sehr krank an einer Nierenkolik mit heftigen Krämpfen, welche zweimal zurückkehrte. Dr. Stark zweifelt, ihn ganz herstellen zu können.
Friedrich Schiller an Christian Gottfried Körner, 25. April 1805[68]

Gewiß wird die Nachricht von unsers Schillers Hingange Sie sehr erschreckt haben. Keiner von uns erwartete ihn (...) Goethe ist, wie Sie denken können, sehr dadurch alteriert, ob er sich gleich zusammennimmt und vor uns ruhig erscheint, wie es einem Manne seiner Art ziemt.
Friedrich Wilhelm Riemer an Carl Friedrich Ernst Frommann, 11. Mai 1805[69]

Leider, so gesund er auch wieder zu sein schien, so kamen vorgestern seine Krämpfe doch so schrecklich wieder, daß Stark von Jena um Mit-

ternacht herbei mußte. Es hat sich jetzt wieder gegeben, und St(ark) meinte, das Übel wird chronisch werden, doch so, daß es immer nur nach längeren Pausen wiederkäme, um endlich zu verschwinden. Aber bis dahin? – Seine Kräfte gehen sehr darauf.
Christiane Vulpius an Nikolaus Meyer, 20./21. Mai 1805[70]

Goethe ist nicht, wie er sein sollte. Seine Nieren sind wahrscheinlich desorganisiert; er hat täglichen Blutabgang durch den Urin; oft aber stockt dieser, und dann ist er sehr krank. Ich glaube, daß er alt werden kann, aber gesund wird er nie wieder. Gott erhalte ihm nur seine frohherzige Laune! Neulich sagte er: „Wenn mir doch der liebe Gott eine von den gesunden Russennieren schenken wollte, die zu Austerlitz gefallen sind!"
Johann Heinrich Voß d. J. an Bernhard Rudolf Abeken, 30. Januar 1806[71]

Goethe war wieder recht krank. Seine Krankheit ist periodisch; er bekommt sie alle drei, vier Wochen. Er sagte mir, er nähme Bilsenkraut statt Opium dafür, und täte ihm letzteres besser.
Charlotte von Stein an ihren Sohn Fritz, 3. März 1806[72]

Goethe hat monatliche Anfälle von der güldenen Ader, die bei ihm den Weg durch den Urin nimmt. Sonst, wenn sie kamen, waren sie höchst schmerzhaft, und er schrie so, daß ihn die Wachen am Tor hören konnten. Jetzt ist es gelinder damit. Kutsche und Pferde hat er abgeschafft und geht, wie die thüringischen Landleute sagen: eben auch proper zu Fuß. Auf jede Weise ist ihm dieses auch zuträglicher.
Johannes Daniel Falk an Johannes von Müller, 25. März 1806[73]

Im *Entwurf einer Farbenlehre* dozierte Goethe: „Das Geeinte zu entzweien, das Entzweite zu einigen, ist das Leben der Natur; dies ist die ewige Systole und Diastole, die ewige Synkrisis und Diakrisis, das Ein- und Ausatmen der Welt, in der wir leben, weben und sind."[74] Dieses Naturgesetz wandte

Frank Nager auch auf Goethes Leben selbst an. Die schwere Krankheit des Jahres 1801 leitete im unablässigen Rhythmus Goethescher Metamorphose einen systolischen Rückzug, eine Reihe von Leidensjahren ein, die ihn zeitweise an den Rand des Grabes brachten.

Nicht nur die Nieren waren „desorganisiert", die ganze Seele des Mitfünfzigers geriet in Schieflage und Bedrängnis. Erkältungskrankheiten und Nierenkoliken wechselten sich ab, letztere verbanden sich mit gräßlichen Schmerzattacken, die dem Geplagten und Gefolterten lautes Geschrei abpreßten, das sogar die Nachtwachen am Tor vernehmen konnten. Depressive Stimmungen beherrschten Goethe, der im Rückblick zusammenfaßte: „… unleidlicher Schmerz ergriff mich, und da mich körperliche Leiden von jeglicher Gesellschaft trennten, so war ich in traurigster Einsamkeit befangen."[75]

Goethes Krankheitsanfälle fanden in den Jahren 1805 und 1806 ihren Höhepunkt, als der Tod Schillers zuzsätzliche Bedrückungen auslöste. Goethes Stoßseufzer, der liebe Gott möge ihm eine der russischen Nieren schenken, die in der Drei-Kaiser-Schlacht vom 2. Dezember 1805 mit den zahllosen toten Soldaten auf dem Schlachtfeld lagen, beinhaltet unbewußt den ganz modernen, vorwegnehmenden Gedanken der Organspende und Organverpflanzung. Das war 1806 noch Zukunftsmusik. Und auch die schmerzhaften Steinabgänge konnten damals noch nicht medikamentös beeinflußt werden. Goethes Selbsthilfe umfaßte zunehmende Enthaltsamkeit, Trinkkuren in Karlsbad und Umgebung, und selbst die schlechten Straßen nach Böhmen waren willkommen, weil die harten Stöße und derben Rempler in der Reisekutsche den Abgang von Steinen beförderten und folglich schon Teil der Kur waren.

Große Veränderungen im Körperlichen und Geistigen, die von der Umgebung Goethes erstaunt zur Kenntnis genommen wurden, stellten die diastolische Ausweitung der Existenz dar, erwiesen sich als die entscheidenden Heilmittel. „Durch Objektivierung und Gestaltung bedrängender innerer Problematik“ – so Nager – „wird die angefochtene Seele gereinigt, wird eine Wunde geheilt, die – noch kurz vorher – als unheilbare Amfortas-Wunde erscheinen mußte.“[76]

Bevor als wundersames Ergebnis dieser Wandlung die *Pandora*, das kulturmythische Festspiel, und dann der epochale Roman *Die Wahlverwandtschaften* erscheinen konnten, mußten freilich noch die lebensgefährlichen Stunden nach den Schlachten von Jena und Auerstedt am 14. Oktober 1806 bestanden und überwunden werden.

Reitergefecht vor Weimar
Aquarell von Friedrich Goetze, 1813

PLÜNDERUNG WEIMARS NACH DEN SCHLACHTEN VON JENA UND AUERSTEDT

am 14./15. Oktober 1806

Dienstags, den 14. Oktober 1806 des Morgens um 7 Uhr hörte man in Weimar ganz deutlich die Kanonade der Schlacht bei Jena. In Goethes Hausgarten vernahmen wir diesen Donner pelotonweise, weil die Morgenluft den Schall in gerader Richtung dahinbrachte, der, wie der Tag zunahm, sich verminderte und endlich ganz aufzuhören schien. Wir setzten uns daher ohne weitere Beunruhigung zu Tische, wie gewöhnlich um 3 Uhr etwa, aber wir hatten kaum angefangen, von den Speisen zu genießen, als wir Kanonenschüsse erst einzeln, darnach mehrere hintereinander ganz in der Nähe vernahmen. Wir standen sogleich auf, der Tisch wurde schleunigst abgeräumt; Goethe entfernte sich durch die vordern Zimmer, ich eilte von der andern Seite durch den Hof in den Hausgarten und fand ihn bereits darin auf- und abgehend. Währenddessen pfiffen Kanonenkugeln über das Haus hin. Es war von der Altenburg her, und eine der Kugeln hatte in das alte Theater eingeschlagen.

Ich eilte durch den Hof ins Haus zurück, mich in den untern Räumen aufzuhalten. Währenddessen ging die preußische Retirade hinter dem Garten dicht an der Ackerwand weg, in der gräßlichsten Verwirrung. Ich sah sie nicht, sondern hörte nur das Geschrei und bemerkte die Spitzen der Gewehre und sonstigen Waffen über der Gartenmauer hinschwankend.

Unter Angst und Erwartung der Dinge, die da kommen sollten, unter Hin- und Wiederrennen der Hausleute und Wegschaffen von zurückgelassenen Effekten der bisherigen preußischen Einquartierung, war vielleicht eine Stunde vergangen, als eine furchtbare Stille die Straßen und den Platz vor Goethes Haus erfüllte.

Da kamen einzelne französische Husaren ans nahe Frauentor gesprengt, spähend, ob Feinde in der Stadt wären. Einer wagte sich etwas weiter herein; wir eilten, Goethes Sohn und ich, mit Bouteillen Weins und Biers auf sie zu und reichten ihnen diese Erfrischungen, die sie aber nicht eher annahmen, als bis wir ihnen versicherten, daß keine Preußen mehr in der Stadt wären. Hierauf ritt jener erste und einige mit ihm weiter in die Stadt herein, bis etwa an die Wohnung des Kaufmanns Martini, von wo aus man die ganze Straße, die nach dem Markt führt, absehen kann, und als er alles leer sah, galoppierte er und mehrere ihm nach in die Stadt hinein.

Zu gleicher Zeit oder bald darauf bemerkte ich, daß Goethe zu Fuße an der Seite eines Husarenoffiziers nach dem Markte zu, vermutlich auf das Schloß ging. Erst lange nachher erfuhr ich, dieser Offizier, der mir als ein Bekannter Goethes bezeichnet wurde, habe sich sehr geheimnisvoll nach ihm erkundigt; es war ein Baron von Türckheim, Sohn der unter dem Namen Lili als Goethes frühere Geliebte berühmt gewordenen Frau v(on) Türckheim geb. Schönemann.

Goethe ließ uns vom Schloß ins Haus sagen, wir würden zur Einquartierung den Marschall Ney bekommen und außerdem noch einige Kavalleristen, sollten aber sonst niemand hereinlassen.

Es lagerten sich auch bald sechzehn derselben, meist Elsässer, in das Bedientenzimmer, waren aber so ermüdet von dem sechzehnstündigen Ritt aus Franken bis nach Jena zur Schlacht, wie sie sagten, daß sie nach nichts als Streu verlangten und das angebotene Essen und Trinken beinahe ablehnten, und sich rasch nur an einigen Bouteillen Weins und Biers erquickten.

Mittlerweile war Feuer in der Stadt ausgekommen; es brannten mehrere Häuser in der Nähe des Schlosses, höchstwahrscheinlich, ja gewiß durch die Franzosen selbst angezündet, welche dadurch Signale ihres Einzugs in Weimar gaben, und daher auch zur Löschung selbst wieder beitrugen.

Währenddessen herrschte die größte Verwirrung in der Stadt durch das Hereinströmen immer neuer zahlreicher Truppen, die auf den Plätzen der Stadt bivouakierten, Läden und Keller erbrachen, in die Häuser drangen, um zu plündern und Mißhandlungen zu verüben.

Goethe war indes zurückgekommen, allein der Marschall erschien immer noch nicht, ohngeachtet die Tafel für ihn und seine Begleiter schon lange bereit war. Die Elsasser schliefen indessen fest. Das Haus war verriegelt. Ich hielt mich auf der Hausflur hin- und wiedergehend auf, um gleich zur Hand zu sein, wenn der Marschall komme, indessen aber andres Volk, das sich eindrängen wollte, abzuhalten, und im Notfall die Hülfe der schlafenden Reiter anzurufen.

Während ich so allein auf der Diele des Hauses auf- und abgehend verweilte, ohne Licht und nur von den hochaufleuchtenden Flammen der in der Ferne brennenden Häuser die nötige Hellung empfangend, waren in einem der Zimmer des Hinterhauses eine Menge Personen aus der Stadt zusammengedrängt, die, geflüchtet vor der Wut und den Mißhandlungen der Plünderer hier Schutz und Verborgenheit zu finden hofften. Einige derselben waren der Wirtin in Bereitung der Speisen und der Heraufschaffung des nötigen Kellervorrates für den erwarteten Marschall und sein Gefolge behülflich; andere jammerten über das wie ein Blitz hereingebrochene, noch nie erfahrene Unglück und Elend, und vermehrten so die Bestürzung und Unruhe der Hausgenossen, die den Kopf zusammenzunehmen hatten, um das Nötigste und Geeignetste in dieser Bedrängnis nicht zu verfehlen.

Es war schon tief in der Nacht, der Lärm auf den Straßen dauerte immer noch fort; ich hatte bisher meinen Posten unangefochten behauptet, als plötzlich fürchterliche Kolbenstöße an die Haustür donnerten und, auf mein endliches Wer da? Rufen, Einlaß verlangt wurde. Ich schlug ihn ab, mit der Bedeutung, das Quartier sei schon für den Marschall in Beschlag genommen, dessen Ankunft man jeden Augenblick entgegensehe, und außerdem mit 16 Reitern belegt. Mein Einwenden wollte nichts verfangen; ich weckte daher einen der Reiter, einen Elsasser, ebenden, der gleich bei seinem Eintritt ins Haus so viel Gutmütigkeit hatte blicken lassen, daß ich mit Vertrauen, er werde über diese Störung im Schlafe nicht unwillig werden, ihn bat, seine Kriegskameraden zu bedeuten, daß hier für sie keine Aufnahme zu verlangen noch zu hoffen sei. Er stand auch auf, ohne ungehalten zu sein, öffnete das Fenster, schalt sie aus und verwies sie wieder an ihr Bivouak zurück, wo sie eben herkommen mochten, um sich eine bessere Lagerstatt auszumitteln. Es half auch für den Augenblick. Schimpfend und brum-

mend gingen sie fort, und ich glaubte mich und das Haus schon geborgen. Es dauerte aber nicht lange, so pochte es wieder an die Tür, diesmal höflicher, und verlangte mit sanfter Bitte Einlaß. Es waren die Vorigen. Sie wollten sich nur unter Dach befinden und etwas ausruhen, und was sie sonst noch Mitleiderweckendes vorbringen mochten. Ich wies sie dennoch ab, zwar mit Bedauern, aber doch mit der geschärften Bemerkung, der Marschall sei bereits da, und es fände sich nirgends Platz für sie mehr. Nun wurden sie heftiger, drohten die Tür einzuschlagen; und da sie vollends die niedrigen Fenster nebenan gewahrten und durch diese bemerken konnten, daß ich mich in einem beinahe zimmerähnlichen Raum befände, so machten sie Anstalten, das Fenster einzuschlagen und sich mit Gewalt in das verweigerte Asyl zu setzen. Nun hielt ich es nicht für geraten, den Widerstand weiter zu treiben; ich schob daher den Riegel zurück und lies sie ein. Es waren zwei kleine Kerls, von der damals spottweis so genannten Löffelgarde, eigentlich Tirailleurs in voller Bewaffnung. Als sie eintraten, wiederholte ich nochmals meine Vorstellung, und öffnete zum Beweis die Türe des Zimmers, wo die Reiter schliefen. Sie überzeugten sich durch Einblick und schienen gelassener, indem sie nichts weiter verlangten, als hier im Schauer zu verweilen und einiges zu genießen. Ich holte Licht aus der nahen Küche und einiges Getränk und Speise, und setzte es auf einem bereitstehenden Tisch ihnen vor. Schemel waren auch zur Hand, und so nahmen sie bald Besitz von dem allen und sprachen der Flasche weidlich zu. Der Wein schien ihnen zu munden, sie wurden heiter und gesprächig, fragten nach diesem und jenem, auch nach dem Hausherrn. Ich entschuldigte seine Abwesenheit, und mochte ihnen scheinen, die Wahrheit zu verhehlen. Sie wurden immer dringender, ihn zu sehen; ich mußte befürchten, sie möchten sich selber den Weg zu seinem Zimmer suchen, und es ihm dann empfindlicher entgelten lassen. Ich eilte also zu Goethe hinauf, erzählte mit kurzen Worten den Hergang, und wie ich mir nicht weiter zu helfen wüßte und ihn bäte herunterzukommen, sich den Leuten zu zeigen und sie mit mehr Gewicht abzuweisen, als ich haben könne.

Er tat es auch, ohne betroffen zu sein oder zu scheinen. In Erinnerung ähnlicher Auftritte der deutschen Krieger in der Champagne mochte er wohl denken, daß jetzt die Reihe an die Deutschen komme, und wie er sich in alles zu finden und zu fügen wußte, so auch in dieses. Obgleich schon ausgekleidet und nur im weiten Nachtrock – der sonst scherzhaft Prophetenmantel von ihm genannt wurde – schritt er die Treppe herab auf sie zu, fragte, was sie von ihm wollten, und ob sie nicht alles erhalten, was sie billigerweise verlangen könnten, da das Haus bereits Einquartierung habe und noch einen Marschall mit Begleitung erwarte. Seine würdige, Ehrfurcht gebietende Gestalt, seine geistvolle Miene schien auch ihnen Respekt einzuflößen, sie waren auf einmal wieder die höflichen Franzosen, schenkten ein Glas ein und ersuchten ihn, mit ihnen anzustoßen. Es geschah auf eine Weise, die jeder Unbefangene den Umständen gemäß und seiner nicht unwürdig erkannt haben würde. Nach einigen gewechselten Reden entfernte er sich wieder; sie schienen zufrieden und beruhigt, und sprachen den Flaschen von neuem zu; bald aber schienen sie schläfrig sich nach einer Ruhestatt umzusehen, und da ihnen die bloßen Dielen nicht genügen mochten, verfolgten sie die nahe Treppe, auf der sie den Hausherrn hatten kommen und gehen sehen. Ich eilte ihnen nach, sie nahten dem Zimmer, worin die Betten für die Begleitung des Marschalls standen, und drängten hinein. Widerrede half nichts, Widerstand war so unmöglich wie töricht, ich mußte es geschehen lassen, in der einzigen Hoffnung, daß einer der auf jeden Fall angekündigten Adjutanten wenigstens und mit erfolgreichern Mitteln sie vertreiben werde.

Er kam auch, aber als bereits der Tag angebrochen war; mein erstes Wort bei seinem Eintritt ins Haus war die Meldung, daß sein Zimmer und Bett bereits von zwei Marodeurs eingenommen worden sei, die sich auf keine Weise davon hätten abhalten lassen. Wütend stürzte er die Treppe hinauf, und in das Zimmer dringend, fuchtelte er mit flacher Klinge die Kerls aus den Betten heraus, die nicht eilig genug Zimmer und Haus verlassen konnten. Ich sehe sie noch vorübereilen, und war damals nicht ohne Besorgnis, sie möchten noch etwas von Silbergeschirr und dergleichen haben mitgehen heißen.

Es war nun voller Tag geworden, der Marschall, der die Nacht anderswo geblieben, kam an; augenblicklich trat Sauvegarde vor das

Haus, größere Ruhe und Ordnung stellten sich ein, und ich erfuhr in der ersten Unterredung mit den übrigen Hausgenossen: daß, während ich die beiden Marodeurs in den Betten glaubte, sie dem Hausherrn auf das Zimmer gerückt wären und sein Leben bedroht hätten. Da habe seine Frau einen der mit ins Haus Geflüchteten zu Hülfe gerufen, dieser habe Goethe von den Wütenden befreit, sie hinausgejagt, die Türen seines Zimmers und Vorgemachs verschlossen und verriegelt.

Goethe selbst ließ sich nie etwas davon merken; ich aber war nicht wenig bestürzt über die Gefahr, in welcher er ohne mein Wissen und Gedenken geschwebt hatte.

Friedrich Wilhelm Riemer, *Mitteilungen über Goethe*, 1841[77]

Das ist der einzige authentische Bericht über das Geschehen im Haus am Frauenplan in der Nacht vom 14. zum 15. Oktober 1806, und auch Friedrich Wilhelm Riemer, der Sekretär Goethes, der es überlieferte, berichtet nur aus zweiter Hand. Unstrittig bleibt, daß Goethe in hoher Lebensgefahr geschwebt hatte, dafür bürgte schon der übel beleumundete Ruf der an dem Geschehen beteiligten „Löffelgardisten". Da Napoleons Armeen sich nicht mit einem Troß abgaben, der ihre hohe taktische Geschwindigkeit eingeschränkt hätte, versorgten sich die französischen Truppen selbst; die „Löffelgarde" war nicht nur berüchtigt wegen ihrer rücksichtslosen Plündereien und brutalen Vorgehensweise, sie war auch im Gefecht wegen ihrer Kampfkraft bekannt, womit sie Angst und Schrecken verbreiteten. Napoleon setzte sie gern an den umkämpftesten Punkten einer Schlacht ein.

Goethe hatte vor Mainz 1793 und im Jahr davor im Feldzug gegen das revolutionäre Frankreich eigene, schlechte Erfahrungen darüber sammeln können, wie sich siegreiche Truppen in Feindesland gebärdeten; nun war es – so Riemer – an den Deutschen, solche Erlebnisse zu verarbeiten.

Was sich genau im nächtlichen Schlafzimmer abgespielt hatte, bleibt für immer Spekulation; daß es für Goethe ein

Schock war, weil sein Leben, ja sein Werk gefährdet wurde (was vielleicht sogar schwerer wog!), bleibt wohl unbestritten. Die Situation, ganz im Gegensatz zur Mutprobe beim Ergründen des „Kanonenfiebers“ 1792, war peinlich und demütigend; es ist nachvollziehbar, daß Goethe, davon unangenehm berührt, später in seinem ganzen Leben nie darüber sprach.

Seine nur scheinbar überhastete Notheirat am 19. Oktober 1806 in der Sakristei der Jakobskirche war sicherlich gedanklich gründlich durchgespielt worden. Sie war eine Reaktion auf diesen Ausnahmevorfall, bei dem Christiane Courage und Geistesgegenwart bewiesen hatte. Ob Goethe durch das konkrete Geschehen zu seinem Schritt getrieben wurde, oder ob die einquartierten hohen französischen Offiziere den Hausherrn ostentativ aufforderten, ja nötigten, die Heirat mit Christiane zu vollziehen, kann hier unberücksichtigt bleiben.

Heinrich Meyer
Kreidezeichnung von Johann Joseph Schmeller, 1824

KUTSCHENUNFALL AUF DEM WEG ZUR KUR
in Baden-Baden am 20. Juli 1816

N*un muß ich aber ein Zwischenspiel im Zusammenhange vortragen, worin mancherlei vorkommt, das ich unter die Rubriken nicht zersplittern mochte. Bei herannahender guter Witterung gedachte ich, nach Wunsch und Neigung die schönen Tage des vorigen Jahrs im Mutterlande abermals zu genießen. Freund Meyer wollte mich begleiten; Natur und Kunst sollten uns mit ihren Schätzen überfüllen. Vorarbeiten waren gemacht, Plane entworfen, wie alles zu genießen und zu nutzen wäre, und so saßen wir wohlgepackt und eingerichtet in einem bequemen Wagen; aber die Hälfte des Erfurter Weges war noch nicht erreicht, als wir umgeworfen wurden, die Achse brach, der Freund sich an der Stirne beschädigte und wir umzukehren genötigt wurden. Aus Unmut und Aberglaube ward die vorgesetzte Reise vielleicht übereilt aufgegeben, und wir verfügten uns ohne langes Besinnen nach Tennstedt, wo ein Thüringer Schwefelwasser gute Wirkung versprach.*
Johann Wolfgang von Goethe, *Tag- und Jahres-Hefte*, 1816[78]

Ew. Königl. Hoheit vergönnen, daß ich mich wieder in Weimar melde. Am 20. dieses früh 7 Uhr fuhr ich von hier ab, um 9 Uhr, kurz vor Münchenholzen warf der ungeschickteste aller Fuhrknechte den Wagen um, die Achse brach und der gute Meyer wurde an der Stirne beschädigt. Das heftige Bluten der Wunde schien mir bedenklich, wir rafften uns so gut wir konnten aus dem Wagen. Hier war nichts zu thun als Succurs von Weimar zu berufen, welcher denn auch nach einigen Stunden ankam, die wir glücklicher Weise bey heiterem Himmel im Freien zubrachten.

Meyers Wunde hat nur die Haut gespalten und ist nicht gefährlich, doch unter vierzehn Tagen an keine vollendete Heilung zu denken, dadurch würde eine ohnehin etwas weit ausgreifende Reise verspätet, und ich habe mich daher, um den besten Monat nicht zu verlieren, ganz kurz entschlossen nach Tennstedt zu gehen. Hofmedicus Rehbein, der diese Wasser genau kennt, bestärkte mich darin und verspricht mir die beste Wirkung. Hatte man mir doch vor einigen Jahren ähnliche Quellen angerathen. Das mir den Gedanken sehr annehmlich machte war die Nähe von Weimar, sobald Hofrath Meyer geheilt ist folgt er nach.

Soviel habe ich für Schuldigkeit erachtet Ew. Königl. Hoheit, Höchstihro Theilnahme versichert, unterthänigst zu melden.

Möge die Atmosphäre, die sich zu recolligiren scheint, Ew. K. H. Aufenthalt zum Schlusse begünstigen.

Johann Wolfgang von Goethe an die Großherzogin Louise, 22. Juli 1816[79]

Das Jahr 1816 hielt für Goethe einen harten Schicksalsschlag bereit: Am 6. Juni starb Christiane, seine langjährige Lebensgefährtin. Der kurze Entschluß, nicht nach Böhmen, sondern ins heimische Rhein-Main-Gebiet zu fahren, um dort die Kur zu genießen, war diktiert von dem Wunsch, Abstand vom Weimarer Alltag zu bekommen, altvertraute Orte und Menschen wiederzusehen. Außerdem gab sich Goethe der Hoffnung hin, daß sich die glücklichen Tage vom Vorjahr wiederholen möchten, daß er die geliebte Marianne von Willemer wiedersehen könnte.

Daß der Kutschenunfall bei Mönchenholzhausen, den Goethe dem ungeschickten Kutscher anlastete, als abergläubisches Omen gedeutet und die Reise kurzerhand sofort abgebrochen wurde, hatte sicher auch mit der wankenden psychischen Verfassung des Witwers zu tun. Das Umschlagen der Kutsche, oft verursacht durch tiefe, ausgefahrene und nach Regen äußerst glatte Geleise, Wechsel in der Spurbreite oder Unerfahrenheit des Fahrzeuglenkers auf dem Bock, war auch ein halbes Jahrhundert nach dem Kutschenerlebnis von Auerstedt, an das sich Goethe stets erinnerte, nichts Ungewöhnliches, daß sich Meyer an der Stirn verletzte auch nicht.

Solche Unfälle gingen oft genug mit Knochenbrüchen einher, so daß die beiden Reisenden hier hinter Weimar durchaus noch Glück im Unglück hatten. „Hals- und Beinbruch“ war nach wie vor der gängigste Reisewunsch.

Das kurzerhand als Ersatz ausgewählte Tennstedt war ein Thüringer Landstädtchen nordwestlich von Erfurt, das über eine Schwefelquelle verfügte. Goethe befaßte sich dort mit der Thüringer Geschichte und der geologischen Lage des Ortes, besuchte die örtlichen Honoratioren und die Dörfer der Umgebung.

Johann Wolfgang von Goethe
Kreidezeichnung von Johann Joseph Schmeller, 1824

HERZINFARKT
am 17. Februar 1823 in Weimar

Nach meiner Wiederkehr (aus Jena) hörte ich Montags früh, den 17. Februar, daß er die Nacht übel zugebracht. Wenig geschlafen und viel gehustet habe. Ich ging gegen 4-5 Uhr nachmittags zu ihm und fand ihn angekleidet im Bette liegen, sehr jammernd und klagend über fortwährende Schmerzen und Ermattung. Er hatte einen äußerst heftigen Fieberfrost gehabt, der ihn über zwei Stunden lang durchgeschüttelt hatte. Meyer schlich sich eben ab, als ich eintrat, Rehbein kam bald darauf und gab guten Trost. Man hoffte auf Schweiß. Er verlangte etwas Wein zu trinken, was man zu gestatten nicht wagte.

„Allmächtiger Gott, was muß ich ausstehen, wie krank bin ich, kränker als in vielen Jahren!" rief er einmal über das andere aus. Sodann: „Die Götter halten uns hart in solchen kranken Tagen, und doch auch nicht gar sonderlich in den gesunden."

Die Kammer, worin er lag, war ganz dunkel, seine Hand kalt, alles umher unheimlich. Doch nahm er noch großen Anteil an allem, was ich von Knebel und Stroganoff referierte, und trieb mich an, ins Theater zu gehen … Gegen 6 Uhr verließ ich ihn, noch ganz ohne ernstliche Besorgnis.

Dienstags, 18. Februar, erschreckte mich mittags, beim General von Egloffstein, mein Bruder mit der eben aus Dr. Rehbeins Munde vernommenen Schreckenskunde, daß Goethe höchst gefährlich krank sei und eine Herzentzündung habe. Ich lief gleich nach Tische hin, erfuhr, daß man ihm zu Ader gelassen, traf Dr. Huschken, sah das Blut, mit allen Zeichen der höchsten Entzündung und mußte aus der Ärzte Mund vernehmen, daß die Wahrscheinlichkeit seiner Rettung nur wie 2:10 sei. In der Nacht trat Schweiß ein, weshalb man die beschlossenen Blutigel erst am andern Morgen ansetzte.

Mittwoch, 19. Februar, schien es etwas besser zu gehen. Doch hatte er schon, so vor sich hin, gesagt: „Dieser Schmerz", den am Herzen meinend, „dieser unbesiegbare Schmerz wird mich noch an die Schwelle des Lebens bringen." Donnerstag bis Sonnabends abends wechselte Besserung und Verschlimmerung immerfort ab.

Jeden Nachmittag brachte ich eine Stunde bei dem Sohn oder bei Ottilien oder Ulriken (von Pogwisch) zu. Er war öfters betäubt, phantasierte halb und halb, doch immer dazwischen ganz teilnehmend und verständig sprechend... Sobald er sich momentan erleichtert fühlte, wollte er alsobald, daß seine Schwiegertochter ihrer gewohnten geselligen Weise nachgehen, den Hof oder das Theater besuchen sollte. Jede Dienstleistung erwiderte er durch ein dankbares artiges Wort oder einen verbindlichen Gestus ... Er saß fast beständig auf dem Bette oder in dem Großvaterstuhl der Oberkammerherrin von Egl(offstein), den er sehr anpries und hinzusetzte, durch dessen Sendung habe sie sich eine Staffel in den Himmel verdient...

Sonntags, 23. Februar, war er am schlechtestgen. Früh schon sagte er zu seinem Sohne: „Der Tod steht in allen Ecken um mich herum." Zu Huschken mehrmalen: „Ich bin verloren ..."

Dienstags morgens, 25. Februar, enthielt das Bulletin zum ersten Male lauter gutes. Er hatte mehrere Stunden ruhig geschlafen, der Puls ging ziemlich frei, und man überließ sich freudig den schönsten Hoffnungen. Gegen 2 Uhr besuchte ihn der Großherzog. Sie sprachen meist von der Edelsteinsammlung des Großherzogs und von der Kunst, die Diamanten nachzumachen. Rehbein vertrieb den Fürsten, als er merkte, daß die Unterhaltung den Patienten angriff...

Mittwochs, 26. Februar. Die Nacht war fast ganz schlaflos gewesen, doch schlummerte er am Morgen. Die linke Hand zeigte sich geschwollen, die Füße ohnehin. Üble Zeichen. Er war im ganzen ruhig, fing an, sich nach der Außenwelt zu erkundigen; ob keine Heirat neuerer Zeit zustande gekommen p. Gegen Abend verlangte er nach Meyern. Voigt von Jena war hier ...

Sonntags, 2. März, ließ er sich alle Nachfrage verbitten, da die Besserung rasch vorwärtsschritt...

Kanzler Friedrich von Müller, *Unterhaltungen mit Goethe*,
12. Februar bis 2. März 1823[80]

Goethe war älter geworden: 1823, als der vermutete Herzinfarkt sich ereignete, war er fast 74 Jahre alt, ein für damalige Zeiten schon methusalemisch anmutendes Alter. Der Tod war ihm stets verhaßt gewesen; aber er konnte nicht verhindern, daß ihm dieser im Laufe der Jahre und Jahrzehnte immer nähertrat. Die Eltern, die Schwester, seine eigene Frau und vier der gemeinsamen Kinder waren inzwischen gestorben, die Freunde Herder und Wieland, nicht zuletzt der Mitstreiter Schiller hatten in verlassen. Der Tod der alten Freundin Charlotte von Stein, des Großherzogs Carl August und der Großherzogin Louise sollten ihn noch erschüttern, vor allem aber das „Ausbleiben" des Sohnes in eine letzte Lebenskrise stürzen.

Totentrauer war ihm verhaßt; aber er kam doch nicht umhin, der körperlichen Reaktion auf das jeweilige Geschehen Tribut zu zollen. Früher, als junger Mann, war er den Themen Krankheit und Tod konsequent ausgewichen; seine Abwehr bestand im ostentativen Verweigern, im egoistischen Verdrängen:

„Am meisten lieb ich mir die vollen, frischen Wangen, für einen Leichnam bin ich nicht zuhause", postuliert Goethe-Mephistopheles in der *Faust*-Dichtung.

Im Alter hatte sich das allmählich verändert; Goethe selbst sah sich nun in seiner eigenen Existenz mit Krankheiten und in der Folge mit dem Tod konfrontiert. Krankheit und Todesgefahr waren inzwischen feste Bestandteile des Lebens geworden, waren bewältigt und produktiv in das schöpferische Schaffen integriert worden. Eine Krankheit z.B. mutierte zu einer strengen Zuchtmeisterin, die die strengen Auflagen der Mutter Natur durchsetzte mit dem Ziel eherner Enthaltsamkeit. Weiterhin spielte Goethes gewachsene und gefestigte Religiosität eine wichtige Rolle, kein konfessionell-dogmatisches Glaubensbekenntnis, sondern die „vertrauensvolle und verehrende Rückbindung an ein geheimnisvolles göttliches Walten und die sorgfältige, zutiefst ernsthafte Berücksichtigung seines eigentlichen, in unser Herz gelegten Gesetzes", faßte Frank Nager die Bewältigung der Todesproblematik bei Goethe zusammen.[81]

1824, ein Jahr nach dem dramatischen Gesundheitsgeschehen, äußerte er gegenüber Eckermann die höchst trostreiche und Zuversicht ausstrahlende Überzeugung von der eigenen Unsterblichkeit: „Wenn einer fünfundsiebzig Jahre alt ist (...), kann es nicht fehlen, daß er mitunter an den Tod denke. Mich läßt dieser Gedanke in völliger Ruhe, denn ich habe die feste Überzeugung, daß unser Geist ein Wesen ist ganz unzerstörbarer Natur; es ist ein fortwirkendes von Ewigkeit zu Ewigkeit. Es ist der Sonne ähnlich, die bloß unsern irdischen Augen unterzugehen scheint, die aber eigentlich nie untergeht, sondern unaufhörlich fortleuchtet."[82]

Rastloses, immer fortwährendes strebendes Bemühen ist – nach Goethe – die sichere Gewähr des Weiterlebens der menschlichen Seele. Aus dieser Überzeugung schöpfte der alte Goethe seine frappierende Arbeitsdisziplin, seine bis zuletzt ungebrochene Lebensintensität. In Anlehnung an die Monadentheorie von Gottfried Wilhelm Leibniz gäbe es – so Goethe – einen unzerstörbaren Wesenskern in der menschlichen Existenz, der bei rastloser Tätigkeit das Weiterleben garantiere. Im Gedicht *Vermächtnis* stehen die bekenntnishaften Verse:

„Kein Wesen kann zu Nichts zerfallen!
Das Ew'ge regt sich fort in allen,
Am Sein erhalte dich beglückt!
Das Sein ist ewig: denn Gesetze
Bewahren die lebend'gen Schätze,
Aus welchen sich das All geschmückt."[83]

Goethes schnelle Genesung im Frühjahr 1823 führte zum Rat der Ärzte, zwecks weiterer Rekonvaleszenz die böhmischen Bäder aufzusuchen. Daß sich im selben Jahr, als Goethe zunächst am Rande des Grabes stand, sodann eine altersbeglückende, freilich höchst einseitige Liebesromanze zwischen dem fast 74-jährigen Dichter und einem naiven 19jährigen Mädchen entwickeln konnte, wird auf ewig Goethes Geheimnis bleiben; er nahm für sein Genie wie selbstverständlich in Anspruch, einer mehrfachen „temporären Verjüngung" fähig zu sein.

Die *Marienbader Elegie* ist das künstlerische Ergebnis dieser rastlosen Bewältigung einer menschlichen Ausnahmesituation. Im *Faust* dichtete Goethe:

„Gerettet ist das edle Glied
Der Geisterwelt vom Bösen:
Wer immer strebend sich bemüht,
Den können wir erlösen.

Und hat an ihm die Liebe gar
Von oben teilgenommen,
Begegnet ihm die selige Schar
Mit herzlichem Willkommen."[84]

Johann Wolfgang von Goethe
Kreidezeichnung von Karl Christian Vogel von Vogelstein, 1824

BLUTSTURZ
am 25. November 1830 in Weimar

(…) den Donnerstag (den 25. November) fand ihn die Großherzogin besonders heiter und wohl. Er hatte mit Dr. Eckermann (der an erwähntem Dienstage wieder hier eingetroffen war) zusammen gespeist und war mit ihm, bis 7 Uhr abends, zusammen geblieben; von da an bis zum Schlafengehen, abends 9 Uhr, hatte ihm seine Schwiegertochter vorgelesen. Kurz nach 10 Uhr schellen seine Exzellenz dem Bedienten heftig, dieser eilt hinauf, und findet seinen Herrn im entsetzlichsten Zustande. Ein Blutstrom entstürzt, unter dem furchtbarsten Geröchel, seinem Munde, das ganze Gesicht ist blau. Schnell sind Arzt und Chirurg herbeigeholt, und ein Aderlaß am linken Arme tut dem Bluterbrechen Einhalt. Vierundzwanzig Stunden schwebte sein Leben in der größten Gefahr, oder besser: der Arzt hatte keine Hoffnung zur Erhaltung seines Lebens. Doch die Vorsehung wollte uns unser Glück und der Welt ihren Stolz noch länger erhalten: das Erbrechen blieb weg, und die geöffneten Blutgefäße fingen allmählich an sich zu schließen. Sechs Pfund Blut waren durch den Lungenblutsturz und einigem nachfolgenden Husten fortgegangen, 1 ½ Pfund hatte man ihm durch den Aderlaß entzogen. Größtenteils verdanken wir seine Erhaltung, nächst seiner überaus kräftigen Konstitution, der unschätzbaren Sorgfalt des Hofrat Vogel, der mir noch gestern versicherte, daß ihm in seinem Leben nicht eingefallen sein würde zu glauben, daß ein so bejahrter Mann einen solchen Sturz überwinden würde. Die Besserung und Wiederherstellung ist schnell, aber in der Ordnung vor sich gegangen, und vergangenen Montag (den 29. November) stand er wieder vor dem Ofen in seiner Arbeitsstube und bestimmte (im Einverständnis mit dem Arzte) der Köchin, was er zu Mittag essen wollte. (…) Seit vergangenem Freitage (den 3. Dezember) hat er seine Geschäfte wieder ordentlich aufgenommen, und gestern mittag habe ich ihm wieder meine Aufwartung gemacht. Ich traf ihn beim Frühstück, auf dem gewohnten Platze, und er unterbrach meinen Glückwunsch, mir freundlich

zurufend: „Da sitzen wir wieder!" – Er fühlt sich zwar noch geschwächt, aber wohl, und alles ist überzeugt, daß er sich nun wieder seinen Freipaß auf wenigstens zehn Jahre gelöst hat.
Theodor Kräuter an Christian Wenig, 5. Dezember 1830[85]

Goethes erstgeborener Sohn und einzig überlebendes von fünf Kindern aus der Verbindung mit Christiane Vulpius wurde am 25. Dezember 1789 geboren. Er gilt als Musterfall für die Tragödie der „Söhne". In einem intellektuell überhitzten Umfeld aufgewachsen, von Anbeginn an mit den unendlichen Möglichkeiten und Beziehungen des privilegierten Vaters großgeworden, lief auch das Studium in Heidelberg und Jena quasi ferngesteuert nach den Wünschen des Vaters ab. Die sich nahtlos anschließende weimarische Beamtenkarriere Augusts war an des Vaters Tätigkeit und Ämter angekoppelt und hielt so den Sohn Goethe lebenslang in eherner Abhängigkeit vom allgegenwärtigen Übervater, dessen geistigen Anforderungen zu genügen der Jüngere, dessen Energie und Tatkraft begrenzt waren, nicht imstande war. Mit Disziplin, Akkuratesse und Gewissenhaftigkeit erfüllte er verläßlich seine Kanzlisten- und Registratorentätigkeit, die er mit seinem Alkoholismus und anderen Exaltationen zu kompensieren verstand. Auch seine Ehe mit der lebensfrohen, aber oft überdrehten Ottilie von Pogwisch, aus der drei Kinder hervorgingen, scheiterte an der Unverträglichkeit beider Charaktere, an Entfremdung und gegenseitiger Enttäuschung.

Am 22. April 1830 trat August von Goethe gemeinsam mit Johann Peter Eckermann eine Italienreise an, die der Familientradition in dritter Generation entsprach. Wie einst dem Vater sollte nun auch dem Sohn durch die Reise Befreiung, Selbstbestimmung. Selbständigkeit und physische Gesundung werden. Über Frankfurt, Basel, Lausanne, Mailand, Venedig, Genua, La Spezia, Livorno, Neapel führte die Reise nach Rom, wo August am 27. Oktober an einem Schlaganfall oder an Meningitis starb und dann an der Cestius-Pyramide beigesetzt wurde, an der sich einst schon der Vater gewünscht hatte, zur letzten Ruhe gebettet zu sein.

Die Todesnachricht erreichte den Vater am 10. November; Kanzler von Müller und der Hausarzt Carl Vogel versuchten, die äußerste Schonung walten zu lassen. Goethe hielt der Schreckensnachricht mit großer Fassung und Ergebung stand, rief aber später, übermannt von Trauer, die Worte aus: „non ignoravi, me mortalem genuisse" (mir ist bewußt, einen sterblichen Sohn gezeugt zu haben). Goethes mühsam gewahrte Fassung mündete in den kommenden Tagen und Wochen in ein übergroßes Arbeitspensum, mit dem der Vater das „Ausbleiben" des geliebten Sohnes zu verdrängen suchte.

Schon 1795 hatte Goethe nach dem Tod eines eigenen Kindes in einem Brief an Schiller seine Art darauf zu reagieren beschrieben: Man wisse bei solchen Todesfällen nicht, „ob man besser tut, sich dem Schmerz natürlich zu überlassen oder sich durch die Beihülfen, die uns die Kultur anbietet, zusammenzunehmen. Entschließt man sich zu dem letztern, wie ich es immer tue, so ist man dadurch nur für einen Augenblick gebessert, und ich habe bemerkt", bekannte der Briefschreiber, „daß die Natur durch andere Krisen immer wieder ihr Recht behauptet."[86]

Mit dem abendlichen Erscheinen Eckermanns, der sich nach Beginn der Reise schon bald von August getrennt hatte, wurden die Erinnerungen Goethes vermutlich so heftig auf den Plan gerufen, daß bei ihm alle Dämme brachen und abends 10 Uhr der scheinbar tödliche Blutsturz ausgelöst wurde. Die Natur hatte auch in diesem Falle ihr Recht behauptet. Noch knapp eineinhalb Lebensjahre verblieben dem Greis.

Johann Wolfgang von Goethe auf dem Totenbett
Zeichnung von Ernst Christian Johann Preller d. Ä., 1832

LETZTE KRANKHEIT UND TOD

16. bis 22. März 1832 in Weimar

Goethe hatte sich nach seiner Wiederherstellung von einem heftigen Lungenblutsturze, der ihn im Dezember 1830 befiel, bis in die Mitte des März 1832 einer vorzüglich guten Gesundheit erfreut, und namentlich auch den letzten Spätherbst und Winter, eine ihm sonst immer feindliche und verhaßte Jahreszeit, ganz ungewöhnlich heiter und ohne irgend bedeutende körperliche Anfechtung durchlebt. Stellten sich auch, wie einer unbefangenen Beobachtung nicht wohl entgehen mochter, Schwächen des Alters, besonders Steifheit der Gliedmaßen, Mangel an Gedächtnis für die nächste Vergangenheit, das Gegebene in jedem Augenblicke mit Klarheit schnell zu übersehen und Schwerhörigkeit bei ihm immer merklicher ein, so genoß er doch – und zumal im Vergleich mit andern Greisen seines Alters – noch einer solchen Fülle von Geistes- und Körperkraft, daß man sich der frohen Hoffnung, er werde uns noch lange durch seine Gegenwart erfreuen, mit Zuversicht hingeben durfte.

Da wurde ich am 16ten März zu ungewöhnlich früher Stunde, schon um 8 Uhr Morgens, zu Goethe beschieden. – In der Regel sah ich ihn in ärztlicher und amtlicher Beziehung jeden Vormittag erst um 9 Uhr, und hatte am vorigen Tage, nach langer Unterhaltung, ihn sehr heiter und wohl um diese Zeit verlassen. – Ich fand ihn im Bette schlummernd. Bald erwachte er, konnte sich indessen nicht sogleich völlig ermuntern, und klagte, er habe sich bereits gestern, während der Rückkehr von einer, in sehr windigem, kaltem Wetter, zwischen 1 und 2 Uhr Nachmittags unternommenen Spazierfahrt unbehaglich gefühlt, darauf nur wenig und ohne rechten Appetit essen mögen, das Bette zeitig gesucht und in demselben eine zum größten Teile schlaflose Nacht, unter öfters wiederkehrendem, trockenem, kurzem Husten, mit Frösteln abwechselnder Hitze, und unter Schmerzen in den äußern Teilen der Brust unangenehm genug verbracht. Am wahrscheinlichsten sei eine Erkältung, die er sich vor dem Ausfahren bei dem Herübergehen aus seinem sehr stark geheizten Arbeitszimmer über den kalten Flur in die nach der Straße zu gelegenen Gesellschaftszimmer, leicht zugezogen haben könne, Ursache des gegenwärtigen Leidens.

Er schien einigermaßen verstört, vor allem aber frappierte mich der matte Blick und die Trägheit der sonst immer hellen und mit eigentümlicher Lebhaftigkeit beweglichen Augen, sowie die ziemlich starke, ins Livide fallende Röte der Bindehaut der untern Augenlider, vornehmlich des rechten. Der Atem war fast ruhig, nur durch trocknen Husten und tiefe Seufzer – letztere eine gewöhnliche Erscheinung in allen Krankheiten Goethes – öfters unterbrochen, die Stimme etwas heiser. Willkürliches kräftiges Ein- und Ausatmen ging zwar mühsam vonstatten, vermehrte aber den bereits erwähnten Schmerz auf der Brust in keiner Weise. Die an der Wurzel schwach und gelblich belegte Zunge glich hinsichtlich ihrer Farbe der Bindeheut der untern Augenlider. Dabei beschwerte sich der Kranke über Ekel vor Speisen, über Durst und Aufstoßen von Luft aus dem Magen. Der ganze Unterleib, vorzüglich die epigastrische Gegend, war aufgetrieben und gegen äußern Druck empfindlich, der Stuhlgang mangelte seit zwei Tagen. Die Haut war trocken, mäßig warm, der Urin lehmig, der Puls weich, mäßig voll, wenig frequent. Ferner: Wüstheit des Kopfes, Unaufgelegtheit zum Denken, auffallend vermehrte Schwerhörigkeit, Unruhe bei Zerschlagenheit der Glieder, und das ganz eigne resignierte Wesen, welches bei Goethe, während der letzten Jahre seines Lebens in allen Krankheiten an die Stelle eines in ähnlichen Fällen früher gewöhnlichen aufbrausenden Unmutes getreten war und sich häufig in den Worten aussprach: „Wenn man kein Recht mehr hat zu leben, so muß man sich gefallen lassen, wie man lebt.“

Bei dem sehr hohen Alter des Kranken, und weil damals in Weimar dergleichen katarhalisch-rheumatische Zufälle nicht selten in zum Teil tödliche Nervenfieber übergingen, fand ich mich bewogen, vorlängst erhaltenen, höchsten Befehlen gemäß, unserer, den lebhaftesten Anteil an dem Wohlergehen des Allverehrten jederzeit betätigenden Frau Großherzogin ungesäumt schriftlich zu melden, Goethe leide seit gestern an einem Katarhalfieber, und wenn ich schon im Augenblicke besonders gefährliche Krankheitszufälle nicht wahrnähme, so wolle mir doch das Ganze allerdings bedenklich vorkommen. Übrigens hatte ich dem Patienten schon zuvor eine Auflösung von Salmiak und einigen Quendchen Bittersalz, als Arznei, und Graupenschleim, mit Wasser zubereitet, zum Getränk, neben einem, den Umständen angemessenen Verhalten verordnet.

Bereits am Abend zeigte das Übel eine bessere Gestalt. Der Kranke fand sich nach mehreren, reichhaltigen, breiartigen Stuhlgängen sehr erleichtert. Sein Kopf war freier, das Gemüt heiterer, der Blick lebhafter, der Unterleib weicher, weniger empfindlich und weniger aufgetrieben. Die Haut schien feucht werden zu wollen, der Husten hatte sich seltener eingestellt. Der Appetit fehlte noch; das Fieber blieb vom Anfang an sehr mäßig. Es wurden Pulver von Goldschwefel und Zucker verschrieben. Nach 6 Uhr nahm Goethe, wie dienstags und freitags gewöhnlich, den Besuch des Hofrats Riemer an, und ließ sich durch denselben einige Zeit von Sprachstudien unterhalten.

Sonnabend früh: Der Kranke hatte ziemlich geschlafen; der Kopf war noch freier, das Gemüt teilnehmender, das Gehör feiner, der Blick heller und beweglicher, der Husten mäßiger, lockerer, das Seufzen seltener als am gestrigen Tage. Die Stimmer hatte ihre Heiserkeit, die Röte an den Augenlidern ihr Schmutziges verloren. Die Haut überall dunstend, turgide und warm; die Zunge rot, weniger belegt. Keine Schmerzen mehr auf der Brust. Gegen Morgen eine freiwillige, reichliche, breiartige Ausleerung durch den Stuhl. Der Urin noch trübe, lehmig; der Puls weich, etwa 90 Mal in einer Minute schlagend. Kein Appetit. Die Pulver hatten nach dem eignen Gefühle des Kranken so wohltätig gewirkt, daß er um weitere Anwendung derselben bat. Da sein Wunsch meiner Absicht begegnete, wurde alle 3 Stunden ein Drittel Gran Goldschwefel auch noch fernerhin gegeben und zugleich gestattet, den Graupenschleim von nun an mit schwacher Fleischbrühe zu bereiten.

Mittags immer noch nur wenig Appetit; indessen hatte der Patient etwas Griessuppe genossen. Nachher einige Stunden hindurch ruhiger und erquickender Schlaf. Abgang vieler Blähungen. Husten sehr selten und kaum beschwerlich. Beim Abendbesuch unbedeutendes Fieber,

Neigung zu leichter Konversation, welche der Kranke schon wieder auf die in gesunden Tagen gewohnte Art mit Scherzen würzte.

In der Nacht zum Sonntag siebenstündiger ruhiger Schlaf, heilsame Transpiration. Morgens einiger Husten mit leichtem Auswurf. Der Urin hell, gelb, mit starkem schleimigem Bodensatze; Zunge und Geschmack rein, kein Fieber. Der zum Frühstück wieder erlaubte Kaffee und ein leicht verdauliches Gebäck schmeckten sehr gut und bekamen wohl. Freiwillige Leibesöffnung.

Der Kranke blieb etliche Stunden außerhalb des Bettes. Er fühlte sich nur noch ein wenig matt. Die Heiterkeit seines Geistes war ungetrübt. Medizin wurde nicht verordnet, wohl aber, auf Verlangen, der mäßige Genuß des gewöhnlichen Würzburger Tischweins, und für den Mittagstisch etwas Fisch und Braten verwilligt. Als ich ihn abends besuchte, lobte Goethe sein Befinden und war sehr gesprächig, besonders aber pries er in einem langen launigen Sermon den Goldschwefel, nach dessen Herkommen, Bereitungsart und ärztlichem Gebrauche er sich umständlich erkundigte.

Die Nacht zum Montag wiederum ruhig; während des Schlafes immer noch ziemlich starke Transpiration. Am Morgen traf ich den Kranken neben dem Bette sitzend, sehr aufgeräumt und nur noch körperlich etwas schwach. Er hatte in einem französischen Heft gelesen; fragte gewohntermaßen nach mancherlei Vorfällen und zeigte großes Begehren nach dem zum Frühstück seit einigen Jahren herkömmlichen Glase Madeira. Ich fand keinen Grund, seiner Neigung entgegen zu sein, und er trank und aß mit vielem Behagen, blieb auch fast den ganzen Tag über auf.

Gegen Abend traf ich ihn bei der Musterung von Kupferstichen, sprach mit ihm durch, was sich während seiner Krankheit in dem ihm untergebenen Departement ereignet hatte, zeigte ihm die Berliner Choleramedaille, über welche er sich in sehr witzigen Bemerklungen ausließ, spaßhafte Entwürfe zur Darstellung desselben Gegenstandes vorbrachte und sich vorzüglich darüber sehr vergnügt äußerte, daß er am folgenden Morgen im Stande sein würde, sein gewohntes Tagewerk wieder vorzunehmen: „doch zwischen heut und morgen liegt eine lange Frist!“

Seit dem Ableben seines einzigen Sohnes und seit dem Lungenblutsturze, welcher ihn einige Wochen später den Pforten des Grabes so nahe brachte, hatte Goethe seines Endes, als nun nicht mehr weit entfernt, gegen mich öfters mit Ruhe Erwähnung getan, und besonders mehrmals Veranlassung genommen, mir, „der ich doch länger, als er, dabei wirksam sein würde", die von ihm gepflegten Anstalten, und vorzüglich auch einzelne bei denselben Angestellte zu empfehlen. Im Laufe der heutigen Unterhaltung kam er auf diese Angelegenheiten zurück und teilte mir nochmals seine darauf bezüglichen Absichten, Pläne und Hoffnungen im Zusammenhange und ausführlich mit. Wer ihn da, so wie bei frühern ähnlichen Gelegenheiten, gehört hätte, wenn die, vielfältiges Zeugnis enthaltenden Akten offen stünden, wer endlich, wie ich, so mancher Wohltaten, die Goethe aus eignem Antriebe und Vermögen Hülfsbedürftigen, besonders Kranken, im Stillen angedeihen ließ, Vermittler gewesen wäre, der würde nicht zweifeln, daß der so häufige als lieblose Vorwurf: der Verblichene habe sich um das Wohl und Wehe anderer, namentlich auch seiner Dienstuntergebenen, höchstens aus grobem Egoismus bekümmert, nur von vorlauter, boshafter Verleumdung oder von der habgierigsten Unverschämtheit ersonnen worden sein könne. Allerdings war ihm gewöhnliche Bettelei und ungehörig erzwungene Wohltätigkeit in hohem Grade zuwider, und gern vermied er – überall ein in Folge unangenehmer Erfahrungen vielleicht zu unbedingter Liebhaber des Geheimnisses – bei Austeilung seiner Wohltaten jede Ostentation.

Froh, daß ein Leiden überstanden, ahnten wir beide in dem Moment nicht, daß Goethe soeben seinen wirklich letzten amtlichen Willen kundgegeben habe. Doch hat er nach diesen Eröffnungen nur noch eine einzige halb willenlose Amtshandlung verrichtet, indem er am 20. März, zwei Tage vor seinem Hinscheiden, die Anweisung zur Auszahlung einer Unterstützung an eine, ihrer künstlerischen Ausbildung in der Fremde obliegende, talentreiche, junge Weimaranerin, für welche er stets väterlich bedacht war, mit zitternder Hand, ohne mein Vorwissen unterzeichnete. Hierbei schrieb er seinen Namen zum letzten Male. Das Blatt wird unter mehreren andern, dem Andenken Goethe's geweihe-

ten Sachen auf der Großherzogl. Bibliothek zu Weimar sorgfältig aufbewahrt.

Die ersten Stunden der folgenden Nacht, vom 19ten auf den 20ten März, schlief der Kranke sanft, bei vermehrter Hautausdünstung. Gegen Mitternacht wachte er auf, empfand zuerst an den Händen, welche bloß gelegen hatten, und von ihnen aus später dann auch am übrigen Körper, von Minute zu Minute höher steigende Kälte. Zum Frost gesellte sich bald herumziehender, reißender Schmerz, der, in den Gliedmaßen seinen Anfang nehmend, binnen kurzer Zeit die äußern Teile der Brust gleichfalls ergriff, und Beklemmungen des Atems, sowie große Angst und Unruhe herbeiführte. Daneben häufiger, schmerzhafter Drang zum Urinlassen. Der sparsam ausgelehrte Harn wasserhell. Die Zufälle wurden immer heftiger; dennoch erlaubte der sonst bei den geringsten Krankheitsbeschwerden nach ärztlicher Hülfe stets so dringend verlangende Kranke dem besorgten Bedienten nicht, mich zu benachrichtigen, „weil ja nur Leiden, aber keine Gefahr vorhanden sei". Erst den andern Morgen um halb neun Uhr wurde ich herbeigeholt. Ein jammervoller Anblick erwartete mich! Fürchterlichste Angst und Unruhe trieben den seit lange nur in gemessenster Haltung sich zu bewegen gewohnten, hochbejahrten Greis mit jagender Hast bald ins Bett, wo er durch jeden Augenblick veränderte Lage Linderung zu erlangen vergeblich suchte, bald auf den neben dem Bette stehenden Lehnstuhl. Die Zähne klapperten ihm vor Frost. Der Schmerz, welcher sich mehr und mehr auf der Brust festsetzte, preßte dem Gefolterten bald Stöhnen, bald lautes Geschrei aus. Die Gesichtszüge waren verzerrt, das Antlitz aschgrau, die Augen tief in ihre livide Höhlen gesunken, matt, trübe; der Blick drückte die gräßlichste Todesangst aus. Der ganze eiskalte Körper triefte von Schweiß, den ungemein häufigen, schnellen und harten Puls konnte man kaum fühlen, der Unterleib war sehr aufgetrieben; der Durst qualvoll. Mühsam einzeln ausgestoßene Worte gaben die Besorgnis zu erkennen, es möchte wieder ein Lungenblutsturz auf dem Wege sein.

Hier galt es schnelles und kräftiges Einschreiten. Nach anderthalbstündiger Anstrengung gelang es, vermöge reichlicher Gaben Baldrian-

äther und Liquor Ammonii anisatus, abwechselnd genommen mit heißem Tee aus Pfefferminzkraut und Kamillenblüten, durch Anwendung starker Meerrettichzüge auf die Brust und durch äußere Wärme die am meisten gefahrdrohenden Symptome zu beseitigen, alle Zufälle erträglich zu machen. Den im linken großen Brustmuskel übrigbleibenden fixen Schmerz hob noch an dem nämlichen Tage ein auf die schmerzhafte Stelle gelegtes Spanisch-Fliegen-Pflaster.

Der fortdauernd brennende Durst wurde mit einem lauen Getränke, aus schwachem Zimmtaufguß mit Zucker und Wein, zum Behagen des Leidenden befriedigt. Der Appetit kehrte nur noch einmal, wenig Stunden vor dem Tode, auf einen Augenblick fruchtlos zurück. Den bequemen Lehnstuhl, in welchem sich die große Angst und Unruhe zuerst gelegt hatte, vertauschte der Kranke nicht wieder mit dem Bette.

Gegen Abend war kein besonders lästiger Zufall mehr vorhanden. Goethe sprach einiges mit Ruhe und Besonnenheit, und es machte ihm sichtbare Freude, als ich ihm erzählte, daß im Laufe des Tages ein höchstes Reskript eingegangen sei, welches eine Remuneration, für deren Erteilung er sich angelegentlich verwendet hatte, gebetenermaßen verwillige.

Ich ließ einen ziemlich kräftigen Baldrianaufguß mit Liquor Ammonii anisatus, alle zwei Stunden, einen Eßlöffel voll, als Arznei nehmen. Dabei schlummerte Goethe während der Nacht zuweilen. Gegen Morgen verbreitete sich mäßiger Schweiß über den ganzen Körper, das Atmen geschah ohne Hinderniß, die Stimmung war heiter. Mehrere, durch ein Lavement bewirkte, reichliche Stuhlgänge schafften noch mehr Erleichterung. Der Puls, genau gezählt, 92 Mal innerhalb einer Minute schlagend, zeigte sich ziemlich voll, gleichmäßig, weich. Der Urin ging selten, trübe, bräunlich und ohne Schmerzen ab. Die Zunge war feucht, hier und da mit zähem, kaffeebraunen Schleime belegt, der Speichel sehr zähe und klebrig. Die Farbe der unbedeckten Körperteile bot nichts Auffallendes dar.

Die Besserung nahm bis eilf Uhr vormittags deutlich zu. Von da verschlimmerte sich das Befinden. Um zwei Uhr nachmittags erschien der Kranke hinfällig, mit triefendem Schweiße bedeckt, mit sehr klei-

nem, häufigem, weichem Pulse und kühlen Fingerspitzen. Die äußern Sinne versagten zuweilen ihren Dienst, es stellten sich Momente von Unbesinnlichkeit ein. Dann und wann ließ sich ein leises Rasseln in der Brust vernehmen. Nach etlichen Gaben eines Dekokto-Infusums von Arnika und Baldrian mit Kampfer hob sich der Puls und wurde ein wenig härter. In die Finger kehrte Wärme zurück. Die Füße, durch Wärmflaschen geschützt, waren noch nicht wieder kalt geworden. Der Schweiß minderte sich.

Bald aber gewannen alle Erscheinungen von neuem ein sehr bedenkliches Aussehen. Das Rasseln in der Brust verwandelte sich in lauteres Röcheln. Abends neun Uhr war der ganze Körper kalt, der Schweiß durch vielfache, meistens wollene Bekleidung und Bedeckung gedrungen. Die lichten Zwischenräume von Besinnung kamen weniger häufig und dauerten immer kürzere Zeit. Die Kälte wuchs, der Puls verlor sich fast ganz, das Antlitz wurde aschgrau. Sehr zäher, klebriger Schleim im Munde, gereichte zu großer Unbequemlichkeit. Die Züge blieben ruhig. In seinem Lehnstuhl sitzend, das Haupt nach der linken Seite geneigt, antwortete Goethe noch zuweilen und immer deutlich auf die an ihn gerichteten Fragen, deren ich indessen, um jede, bloß die Sanftheit des unvermeidlichen Scheidens störende Aufregung zu verhüten, nur wenige zuließ.

Er schien von den Beschwerden der Krankheit kaum noch etwas zu empfinden, sonst würde er bei der ihm eigentümlichen Unfähigkeit, körperliche Übel mit Geduld zu ertragen, mindestens durch unwillkürliche Äußerungen, seine Leiden zu erkennen gegeben haben. Äußere Eindrücke wirkten auf das, mit den Sinnen des Gesichts und des Gehörs gewissermaßen isoliert fortlebende Gehirn noch lange und zum Teil lebhaft und angemessen, so wie die eigentliche Geistestätigkeit vielleicht erst mit dem Leben selbst erlosch. Die Phantasie spielte beinahe und mit angenehmen Bildern.

Schwerlich hatte Goethe in diesen Momenten ein Vorgefühl seiner nahen Auflösung. Wenigstens entsprachen die Zeichen, welche man auf das Vorhandensein eines solchen Vorgefühls beziehen möchte, denjenigen nicht, deren er sich wohl früher bediente, um anzudeuten, wie er hinsichtlich der mutmaßlichen Dauer des ihm noch beschiedenen Lebensrestes einer Täuschung sich nicht überlasse. Vielmehr gab er in seinen letzten Stunden mehrmals deutliche Beweise von Hoffnung auf Genesung und zwar unter Umständen – namentlich bei fast völlig abwesender Besinnlichkeit –, welche die Vermutung, er habe nur die Seinigen zu beruhigen beabsichtigt, als ganz unwahrscheinlich darstellen müssen.

Die Sprache wurde immer mühsamer und undeutlicher. „Mehr Licht" sollen, während ich das Sterbezimmer auf einen Moment verlassen hatte, die letzten Worte des Mannes gewesen sein, dem Finsterniß in jeder Beziehung stets verhaßt war. Als später die Zunge den Gedanken ihren Dienst versagte, malte er, wie auch wohl früher, wenn irgend ein Gegenstand seinen Geist lebhaft beschäftigte, mit dem Zeigefinger der rechten Hand öfters Zeichen in die Luft, erst höher, mit den abnehmenden Kräften immer tiefer, endlich auf die über seinen Schoß gebreitete Decke. Mit Bestimmtheit unterschied ich einigemal den Buchstaben W. und Interpunktionszeichen.

Um halb zwölf Uhr mittags drückte sich der Sterbende bequem in die linke Ecke des Lehnstuhls, und es währte lange, ehe den Umstehenden einleuchten wollte, daß Goethe ihnen entrissen sei.

So machte ein ungemein sanfter Tod das Glücksmaß eines reich begabten Daseins voll.

Carl Vogel, *Die letzte Krankheit Goethe's* [87]

Goethe war zeit seines Lebens häufig mit dem Tod konfrontiert gewesen, öfters vielleicht als es im 18. und 19. Jahrhundert sowieso der Fall war. Der Tod einiger Geschwister, dann der schmerzhafte Verlust der Schwester, das Siechtum des Vaters, das schwere Sterben der Ehefrau und die nicht lebensfähigen eigenen Kinder gehören dazu, dann die eigenen Krankheiten, die ihn mehrfach an die Schwelle des Todes führten. Goethes vergleichsweise langes Leben hatte zur Folge, daß er viele Freunde, Mitstreiter und Zeitgenossen überlebte, was ihn einsam werden ließ. Hierzu zählen die

Freunde Herder, Wieland, Voigt und vor allem Schiller, dann der Großherzog Carl August und dessen Gattin Louise, zuletzt vor allem das „Ausbleiben“ des Sohnes August – hier euphemistisch umschrieben, weil er die Worte „Tod“ und „Sterben“ nicht verwenden mochte. Des Sohnes Tod in Rom bedeutete vielleicht den schwersten Schicksalsschlag, den Goethe zu Lebzeiten aushalten mußte.

Wo der junge Mann noch abergläubisch abwehrte oder konsequent abblockte, hat der ältere und dann der alte Goethe den Tod nicht mehr ausweichen wollen und können. „… über Gräber, vorwärts!“ lautete dann der trotzig-desparate Ausruf des Greises im Brief vom 23. Februar 1831 an den gleichfalls leidgeprüften Freund Carl Friedrich Zelter.[88] Vorangegangen war dem ein jahrzehntelanges Ringen um die Todesproblematik, die er mit steigender Lebensspirale nun in sein immer komplexeres Lebenswerk einbezog. Er begriff mit den Jahren, daß es zur Lebenskunst gehöre, „dass Leben aus dem Tode zu betrachten, und zwar nicht von der Nachtseite, sondern von der ewigen Tagseite her, wo der Tod immer vom Leben verschlungen wird.“ Frank Nager deutet diese allmähliche Überwindung der Todesangst als Ergebnis einer tiefen Frömmigkeit, die – anders als bei einem konfessionell-dogmatischen Glaubensbekenntnis – auf der Basis einer vertrauensvollen Verehrung und Rückbesinnung an ein geheimnisvolles göttliches Wirken bei Goethe entstanden war. In diesem Sinne äußerte er sich am 2. Mai 1824 gegenüber Eckermann: „Wenn einer fünfundsiebzig Jahre alt ist (…) kann es nicht fehlen, daß er mitunter an den Tod denke. Mich läßt dieser Gedanke in völliger Ruhe, denn ich habe die feste Überzeugung, daß unser Geist ein Wesen ist ganz unzerstörbarer Natur; es ist ein fortwirkendes von Ewigkeit zu Ewigkeit. Es ist der Sonne ähnlich, die bloß unsern irdischen Augen unterzugehen scheint, die aber eigentlich nie untergeht, sondern unaufhörlich fortleuchtet.“[89]

Diese feste Überzeugung von der unzerstörbare Natur des menschlichen Geistes wurzelte im Unsterblichkeitsglauben des alten, des weisen Goethe, den er sich aus dem Studium Spinozas und Epikurs angeeignet hatte. Die Unzerstörbarkeit ist für ihn Folge des Strebens des Individuums und dessen schöpferische Leistung im Diesseits; rastloses Wirken und strebendes Bemühen sind darin eingeschlossen. Der Mensch erreicht sein Lebensende, doch nicht sein Lebensziel. Der Tod, der die Lebensgrenze willkürlich setzt, kann nicht anerkannt werden, denn der diesseits noch nicht befriedigte Lebenstrieb entscheidet über die jenseitige Fortexistenz des Individuums, freilich – so schon in der Shakespeare-Rede von 1771 – „jeder nach seinem Maß".[90]

Streben und Unsterblichkeitsgauben sind beim alten Goethe in einen ebenso innigen wie geheimnisvollen Zusammenhang gebracht, der in die feste Überzeugung des Weiterlebens mündet. Eckermann hörte am 4. Februar 1829: „Die Überzeugung unserer Fortdauer entspringt mir aus dem Begriff der Tätigkeit; denn wenn ich bis an mein Ende rastlos wirke, so ist die Natur verpflichtet, mir eine andere Form des Daseins anzuweisen, wenn die jetzige meinem Geist nicht ferner auszuhalten vermag."[91] Die Berechtigung „fortzudauern" ist für Goethe also keine überirdische Gnade, sondern eine Frage der schöpferischen Leistung schon im Diesseits. Wieder überlieferte Eckermann einen der unerhörten Glaubenssätze seines Herrn und Meisters, diesmal vom 25. Februar 1824: „Ich möchte keinesfalls das Glück entbehren, an eine künftige Fortdauer zu glauben, ja, ich möchte mit Lorenzo von Medici sagen, daß alle diejenigen auch für dieses Leben tot sind, die kein anderes hoffen..."[92] In der *Faust*-Dichtung heißt es diesbezüglich:

Nach drüben ist die Aussicht uns verrannt;
Tor, wer dorthin die Augen blinzelnd richtet,

Sich über Wolken seinesgleichen dichtet!
Er stehe fest und sehe hier sich um:
Dem Tüchtigen ist diese Welt nicht stumm!
Was braucht er in die Ewigkeit zu schweifen?
Was er erkennt, läßt sich ergreifen.
Er wandle so den Erdentag entlang;
Wenn Geister spuken, geh' er seinen Gang.
Im Weiterschreiten find' er Qual und Glück,
Er, unbefriedigt jeden Augenblick![93]

Goethes Äußerungen über seine Vorstellungen von einer Wiederkehr sind indes eher selten. Solche Passagen klingen sehr behutsam und vorsichtig und bleiben an die eigenen Naturforschungen gebunden sowie in Anlehnung an philosophisches Gedankengut gekoppelt. Goethes Metamorphosen-Konzept wird in den Kontext des Begriffs der Entelechie und zur Monadentheorie von Leibniz gesetzt. Goethes Unsterblichkeitsdenken kreist um den Begriff der Entelechischen Monade: den geistig-seelischen Wesenskern des Menschen, der den unbedingten Auftrag zur Entwicklung, Steigerung und Gestaltung enthält. Dieser Auftrag ist der Impuls zur Selbstgestaltung und eine entscheidende Feder zum Antrieb des Menschen gemäß seinen Anlagen. „Der eigentliche Sinn des Menschenlebens ist für Goethe" – so Frank Nager – „Selbstgestaltung … modern: Individuation."[94]

Goethe hat die Entelechische Monade im Sinn und im Auge, wenn er im *Vermächtnis* dichtet:

Kein Wesen kann zu nichts zerfallen!
Das Ewge regt sich fort in allem,
Am Sein erhalte dich beglückt!
Das Sein ist ewig: Denn Gesetze
Bewahren die lebendigen Schätze,
Aus welchen sich das All geschmückt.[95]

Das Fortleben im Unsterblichen ist möglich, sofern dieses Wandeln und Erneuern, dieses „Stirb und Werde!“ im Zentrum des menschlichen Handelns bleibt.

Der frühere „dezidierte Nichtchrist“ – so im Brief an Lavater vom 29. Juli 1782[96] – ist damit überwunden. Auch in seinem Herzen nähert sich Goethe behutsam der christlichen Botschaft an. Das faustisch-rastlose Streben wird ergänzt und erweitert durch die Ahnung, daß die „Liebe von oben“ erlösend eingreifen kann.

Nach ewigen, ehrnen
Großen Gesetzen
Müssen wir alle
Unseres Daseins
Kreise vollenden.[97]

ANMERKUNGEN

WA = Goethes Werke. Hrsg. im Auftrage der Großherzogin Sophie von Sachsen. Weimar 1887 bis 1919 (Weimarer Ausgabe). Abteilung I: Poetische Werke und Schriften; Abteilung II: Naturwissenschaftliche Schriften; Abteilung III: Tagebücher; Abteilung IV: Briefe. – künftig: WA Abt. Bd. Seite.

1 WA I 26, S. 11.
2 Werke, Bd. 1, Berlin u. Weimar 1986, S. 374.
3 WA I 26, S. 54.
4 Jürgen Kuczynski, *Geschichte des Alltags des deutschen Volkes.* Bd. 2: 1650 – 1810. Berlin 1981, S. 191 f.
5 Peter Lahnstein, *Das Leben im Barock.* Stuttgart 1974, S. 47 f.
6 Frank Nager, *Goethe. Der heilkundige Dichter.* Frankfurt u. Leipzig 1994, S. 28 f.
7 WA I 27, S. 45 f.
8 Vgl. Carl August Becker, *Neues Post- und Reise-Taschenbuch.* Jena 1803, S. 82.
9 Heinrich August Ottokar Reichardt, *Der Passagier auf der Reise in Deutschland und einigen angränzenden Ländern ... Ein Reisehandbuch für Jedermann.* Berlin 1806, S. 145.
10 Vgl. ebenda, S. 30.
11 Vgl. Klaus Beyrer, *Etappen der Personenbeförderung im deutschen Postreiseverkehr*, in: *Archiv für deutsche Postgeschichte*, Heft 1/1987, S. 88 ff.
12 WA I 26, S. 232 f.
13 WA IV 1, S. 126 u. 140.
14 Franz Posselt, *Apodemik oder die Kunst zu reisen.* Leipzig 1795, Bd. 2., S. 147.
15 WA I 27, S. 185 ff.

16 Nachschrift von C. W. Hufeland, in: *Die letzte Krankheit Goethes beschrieben und nebst einigen andern Bemerkungen über denselben mitgeteilt von Dr. Carl Vogel Großherzogl. Sächsischem Hofrathe und Leibarzt zu Weimar.* (Weimar 1832), S. 31 f.
17 WA IV 1, S. 217.
18 WA I 27, S. 256 f.
19 WA IV 4, S. 299.
20 WA I 14, S. 31.
21 WA I 1, S. 67.
22 Erich Trunz, *Goethes Werke.* Bd. 1. München 1981, S. 550. – Vgl. auch: Carl Diem, *Körpererziehung bei Goethe.* Frankfurt a. M. 1948.
23 WA IV 2, S. 141.
24 WA I 19, S. 187 – 191.
25 WA IV 23, S. 185 f.
26 WA IV 4, S. 239 f.
27 WA III 1, S. 11.
28 WA IV 3, S. 56 f.
29 WA IV 3, S. 195 ff.
30 WA I 2, S. 61 – 64.
31 *Goethes Gespräche.* Eine Sammlung zeitgenössischer Berichte. Aus seinem Umgang. Aufgrund der Ausgabe und des Nachlasses von Flodoard Freiherrn von Biedermann ergänzt u. hrsg. v. Wolfgang Herwig. Erster Band: 1749 – 1805. Zürich u. Stuttgart 1965, S. 340 f.
32 Vgl. Gerd-Rainer Riedel, Jochen Klauß, Horst Feiler, *Granit. Goethes Urgestein.* Uckerland 2012, S. 72.
33 WA IV 23, S. 119.
34 WA I 30, S. 43 f.
35 WA I 31, S. 21 f.
36 WA I 31, S. 29 ff.
37 WA I 31, S. 64 – 67.
38 WA I 31, S. 192 f.
39 WA I 31, S. 222 – 233.

40 WA I 31, S. 122 u. 166.
41 WA III 4, S. 235; 7, S. 118; 12, S. 274.
42 WA IV 8, S. 170.
43 WA IV 8, S. 314.
44 WA IV 8, S. 346.
45 *Goethes Gespräche*, III/2, S. 220.
46 WA I 1, S. 257.
47 Roberto Zapperi, *Das Inkognito. Goethes ganz andere Existenz in Rom*. München 1999, S. 220 f.
48 Johann Peter Eckermann, *Gespräche mit Goethe in den letzten Jahren seines Lebens*. Weimar 1982, S. 248 f.
49 WA I 33, S. 67 – 75.
50 WA IV 10, S. 36.
51 WA I 33, S. 72 ff.
52 WA IV 23, S. 185 f.
53 WA I 33, S. 306 – 314.
54 WA I 33, S. 315.
55 *Treffliche Wirkungen. Anekdoten von und über Goethe*. Hrsg. v. Anita u. Walter Dietze. Weimar 1987, Erster Band, S. 225.
56 Vgl. Gustav Seibt, *Mit einer Art von Wut. Goethe in der Revolution*. München 2014, S. 94-140, hier besonders S. 147.
57 WA I 8, S. 278.
58 Schiller. *Nationalausgabe*. Bd. 31, Weimar 1985, S. 3.
59 *Goethe in vertraulichen Briefen seiner Zeitgenossen*. Zus. gest. von Wilhelm Bode. Berlin u. Weimar 1979, Bd. 3, S. 179 f.
60 Ebenda, S. 180 f.
61 Ebenda, S. 288.
62 Ebenda.
63 Ebenda, S. 289.
64 Ebenda, S. 290.
65 Ebenda, S. 290 f.
66 Ebenda, S. 293.
67 Ebenda, S. 298.
68 Ebenda, S. 294.

69 Ebenda, S. 295.
70 Ebenda, S. 297.
71 Ebenda, S. 321.
72 Ebenda, S. 323.
73 Ebenda, S. 324 f.
74 WA II 1, S. 296.
75 WA I 35, S. 192 f.
76 Nager, a.a.O., S. 66.
77 Goethes Gespräche, a. a. O., Bd. II, S. 138-143.
78 WA I 36, S. 112 f.
79 WA IV 27, S. 117.
80 Kanzler Friedrich von Müller. *Unterhaltungen mit Goethe.* Mit Anm. vers. u. hrsg. v. Renate Grumach. Weimar 1982, S. 72-77.
81 Nager, a. a. O., S. 183.
82 Eckermann, a. a. O., S. 100.
83 WA I 3, S. 82.
84 WA I 15/1, S. 330 f.
85 *Goethes Gespräche*, a. a. O., S. 735 f.
86 WA IV 10, S. 335 f.
87 Vogel, *Goethes letzte Krankheit*, a.a. O., S. 4-18.
88 WA IV 48, S. 129.
89 Eckermann, a. a. O., S. 100.
90 WA I 37, S. 129.
91 Eckermann, a. a. O., S. 265.
92 Ebenda, S. 80.
93 WA I 15/1, S. 309.
94 Nager, a. a. O., S. 190.
95 WA I 3, S. 82.
96 WA IV 6, S. 20.
97 WA I 10, S. 275.

BILDNACHWEIS

Goethe. Die wertvollsten Goethebildnisse. Hrsg. von Hans Wahl, Dachau 1923: S. 2, 106, 134, 138.

Klassik Stiftung Weimar: S. 22, 26, 38, 44, 48, 54, 62, 68, 98, 110, 124, 128.

Alle weiteren Bildvorlagen stammen aus dem Archiv des quartus-Verlages.

ZUM AUTOR

Jochen Klauß, geb. 1951 in Weimar, nach Lehrerstudium (Geschichte und Deutsch) kurze Zeit Schuldienst, 1982 Promotion über Polen in der deutschen Literatur von 1795 bis 1830, 1982-1984 Dozent an der Universität Lublin, 1984/85 Mitarbeiter am Kulturzentrum der DDR in Budapest, 1985/86 Dozent an der Pädagogischen Fachschule Weimar, 1986 stellv. Direktor, 1989-1991 amtierender Direktor, seit 1991 wissenschaftlicher Mitarbeiter des Goethe-Nationalmuseums in Weimar, lebt in Weimar. Gibt seit 2005 den Goethe-Kalender heraus und hat zahlreiche Bücher über Goethe und dessen Zeit verfaßt, u.a.:

Goethe als Zeichner. Natur und Kunst, Graphik und Gedichte, Wien-München 1987
Goethe unterwegs, Weimar 1989
Alltag im „klassischen Weimar". 1750-1850, Weimar 1990
Räuber, Dichter und Rebellen. Kriminalität in „klassischer Zeit", Rudolstadt 1997
Goethes Deutschland. Orte und Städte von Aachen bis Zwickau aus der Sicht des Dichters, Stuttgart 1998
Weimar. Stadt der Dichter, Denker und Mäzene. Von den Anfängen bis zu Goethes Tod, Düsseldorf-Zürich 1999
Literarische Streifzüge durch Thüringen, Mannheim 2003
Genie und Geld: Goethes Finanzen, Mannheim 2009
Der Neptunistenstreit: Goethes Suche nach Erkenntnis in Böhmen. Mit Gerd-Rainer Riedel und Horst Feiler, Uckerland 2009
Die Ilm. Thüringens Fluß. Schriftenreihe des Freundeskreises Goethe-Nationalmuseum e.V., Band 6, Bucha bei Jena 2014
Charlotte von Stein. Die Frau in Goethes Nähe, 4. Aufl., Beucha 2016

WEITERE GOETHE-TITEL

im quartus-Verlag

Jens-Fietje Dwars. Das Weimarische Karneval
Anmerkungen zu Goethe & Co. Mit 17 Fotografien des Autors, 2008, 192 Seiten
ISBN 978-3-936455-66-3

Jens-Fietje Dwars. Mit Lichtbehagen. Der Jenaer Goethe.
Mit 80 Fotografien von Karoline Krause,
2009, 176 Seiten
ISBN 978-3-936455-80-9

Karla Müller
Goethes Jenaer Bibliotheksgeschäft.
Mit zahlreichen Abbildungen, 2016, 146 Seiten
ISBN 978-3-943768-60-2

Demnächst erscheint in Neuauflage:
Albrecht Börner. Morgenröte färbte ihre Wangen
Goethe und Christiane
Filmerzählung

www.quartus-verlag.de

Erste Auflage

ISBN 978-3-943768-54-1

Satz und Layout: Jens-Fietje Dwars
Druck: Printing Solutions, Dzikowo, Poland
www.quartus-verlag.de